红土地上的地质情怀

——中国地质调查局赣南扶贫三十年纪实

国土资源部中国地质调查局 编

地质出版社

·北 京·

内 容 简 介

1987年起，国土资源部（原地质矿产部）开始定点扶贫赣南苏区，至今已过去30年的光阴。30年间，中国地质调查局充分发挥专业优势，精心实施了一批地质调查项目，及时将地质调查成果转化为实实在在的经济效益，助推了100多万人脱贫。本书集中再现了中国地质调查局30年来，支撑服务赣州特色农业产业升级、绿色矿业开发、饮水安全、清洁能源开发、防灾减灾、特色地质旅游业发展，帮助赣南老区人民脱贫致富，讴歌了地质调查工作老区扶贫业绩以及新时期地质工作者践行“责任、创新、合作、奉献、清廉”核心价值观的精神风貌。

图书在版编目（CIP）数据

红土地上的地质情怀：中国地质调查局赣南扶贫三十年纪实／中国地质调查局编．—北京：地质出版社，2017.5

ISBN 978-7-116-10342-9

Ⅰ.①红… Ⅱ.①中… Ⅲ.①纪实文学－作品集－中国－当代 Ⅳ.①I25

中国版本图书馆CIP数据核字（2017）第091067号

责任编辑：肖莹莹
责任校对：韦海军
出版发行：地质出版社
社址邮编：北京海淀区学院路31号，100083
咨询电话：（010）66554528（邮购部）；（010）66554571（编辑室）
网　　址：http：//www.gph.com.cn
传　　真：（010）66554576
印　　刷：北京地大彩印有限公司
开　　本：787 mm×960 mm 1/16
印　　张：7.25
字　　数：115千字
版　　次：2017年5月北京第1版
印　　次：2017年5月北京第1次印刷
定　　价：28.00元
书　　号：ISBN 978-7-116-10342-9

（如对本书有建议或意见，敬请致电本社；如本书有印装问题，本社负责调换）

《红土地上的地质情怀》编委会

充分发挥地质调查基础支撑作用 着力打造精准扶贫新引擎*

（代序）

钟自然

（国土资源部党组成员，中国地质调查局局长、党组书记）

习近平总书记指出，扶贫开发事关全面建成小康社会，事关人民福祉，事关巩固党的执政基础，事关国家长治久安。党的十八大以来，以习近平总书记为核心的党中央站在党和国家事业长远发展和中国特色社会主义兴衰成败的战略高度，把扶贫开发作为全面建成小康社会、实现第一个百年奋斗目标和实现中华民族伟大复兴中国梦的重点工作，摆在更加突出的位置。

中国地质调查局党组认真学习习近平总书记系列重要讲话精神，深入贯彻习近平总书记扶贫开发战略思想，按照国土资源部党组的决策部署,以“在精准施策上出实招，在精准推进上下实功，在精准落地上见实效”为统领，选准突破口,走出了一条独具特色的“地质调查+”扶贫新路,收到了令人满意的效果。

首先，始终把讲政治作为第一要务，将支撑服务脱贫攻坚作为地质调查工作的重中之重。2015年11月《中共中央国务院关于打赢脱贫攻坚战的决定》出台以后，中国地质调查局党组认真贯彻落实党中央、国务院关于脱贫攻坚的决策部署和国土资源部扶贫工作会议提出的明确要求，强调地质调查支撑服务脱贫攻坚是一项政治任务，切实增强责任感、使命感、紧迫感。我们研究提出了地质调查支撑服务脱贫攻坚的总体思路，审议通过了《中国地质调查局支撑服务脱贫攻坚地质调查实施方

*此文发表在《中国扶贫》2017年第11期

案》，做到“规划进笼子、项目进本子、资金进盘子”，强调以集中连片特殊困难地区和实施特殊政策地区为主战场，不断创新思路方法，用非常之策落实非常之举，翻箱倒柜、倾囊相助，不断加大支撑服务脱贫攻坚的工作力度。我们把能不能做好扶贫工作作为考验各级党委工作的重要内容，要求坚定信心，持续发力，久久为功，务求必胜。

其次，注意把发挥地质调查工作的专业技术优势和立足贫困地区的具体实际结合起来，举全局之力支撑服务脱贫攻坚。习近平总书记在中央扶贫开发工作会议上发表重要讲话指出，中央和国家机关各部门要把脱贫攻坚作为分内职责，承担起自己的责任。贫困地区自然条件恶劣、山高谷深、地势陡峻、石漠化严重、地质灾害频发、水资源短缺、人均耕地稀少、生态环境脆弱、优势矿产资源开发利用程度低，区域性、整体性贫困突出，基础设施建设严重滞后,贫困问题呈现区域性、综合性特征，常规扶贫办法难以奏效。中国地质调查局作为负责统一部署和组织实施国家基础性、公益性、战略性地质和矿产勘查工作的地质调查、科学研究和信息服务机构，充分发挥自身在专业、技术、装备、项目、资金、人才等资源优势，结合地方资源优势，瞄准地方区域发展与脱贫攻坚对地质调查工作的迫切需求，重点围绕贫困地区特色农业发展、饮水安全、防灾减灾、绿色矿业开发、清洁能源资源利用和特色旅游产业发展等扶贫急需解决的重大地质问题，对症下药、因地制宜实施地质调查工作。据不完全统计，2011-2016年六年间，中国地质调查局在支撑服务脱贫攻坚方面的投入累计达90亿元，为改善贫困地区的生产生活生态条件做出了重要贡献。

第三，紧紧抓住精准扶贫、精准脱贫之要义，在精准施策上出实招，在精准推进上下实功，在精准落地上见实效。习近平总书记明确指示，扶贫开发贵在精准，重在精准，成败之举在于精准。中国地质调查局紧紧抓住精准扶贫、精准脱贫之要义，深入贫困一线，逐县精准对接需求，把精准扶贫需求、目标转化为实实在在的地质调查项目，因地施策，因贫困原因施策，因贫困类型施策，由“大水漫灌”向“精准滴灌”转变,精准实施“订单式”地质调查项目。突出重点，分层次实施，瞄准产业扶贫，增强贫困地区造血功能，确保地质工作扶真贫、真扶贫。加快构建脱贫攻坚中央与地方公益性地质工作协调联动机制，全面实施需求对接、项目对接、成果对接“三个对接”，形成协调各方、沟通上下、综合统筹的工作平台。组建地质调查支撑服务脱贫攻坚协调联动办公室，实现了扶持对象精准、项目安排精准、资金使用精准、方法措施精准、扶贫成效精准，用“绣花”般的硬功夫、细功夫全力支撑脱贫攻坚。

以实施“订单式”地质调查项目、瞄准产业扶贫为例，近几年来，我们主要做了三个方面的工作：一是针对特色生态农业产业发展，加大土地质量地球化学调查力度。我们通过土地质量地球化学调查，圈定了集中连片特殊困难地区和实施特殊政策地区绿色富硒土地资源1084万亩，指导建立了农业科技示范园7个，支撑调整富硒农产品种植面积800万亩，增收360亿元，1500万贫困群众受益，助力支撑150万人脱贫。河北阜平、湖南新田、江西赣县、云南昭通、贵州黔西、四川屏山成为富硒农业产业科技示范园建设的典型示范区。土地质量地球化学调查在服务特色土地优势转化为经济优势中发挥了不可或缺的专业支撑作用，开启了致富“硒”望之门，直接支撑贫困区群众走向绿色农业致富之路。二是针对地质遗迹景观发育地区特点，加快推进地质遗迹调查，支撑地方申报地质公园，服务特色旅游产业发展和品牌升级，有力带动贫困地区特色旅游产业发展。与申报地质公园前相比游客接待人次大幅上涨，地方经济收入大幅增加，同时增加了就业机会，带动当地农家乐蓬勃发展，地质公园已成为地方发展的“绿色名片”，也是绿水青山就是金山银山的生动实践，为地方特色旅游发展和人民绿色生活提供新途径。三是通过石漠化治理，荒山变绿洲，生态建设激活经济效益。在滇桂黔石漠化区实施综合治理和示范推广，广西马山县弄拉屯开发表层岩溶水资源的基础上，通过对裸露石山环境进行综合治理，发展生态产业和生态旅游，全屯农民全部脱贫致富，形成可推广的荒山变绿洲“弄拉模式”。广西平果县镇通过石漠化治理示范，培植和发展霸王花——火龙果特色生态产业，生态建设激活经济效益。

第四，牢固树立绿色发展理念，坚持“绿色扶贫、绿色脱贫”，加快推进贫困地区清洁能源调查，为绿色产业、能源结构优化发展提供可靠的资源保障。近几年来，我们完成了贫困地区油气基础地质调查6万平方千米，实施调查与勘探示范井7.42万米。在贵州正安县实施安页1井，获得天然气、页岩气重大突破，日稳产工业气流超10万立方米，将带动近6000平方千米页岩气区块开发，形成规模产能。在四川叙永县、古蔺县及相邻地区圈定煤系煤层气、页岩气、致密气“三气”资源远景区2个，初步评价资源量1833亿立方米。在滇桂黔石漠化区桂中坳陷评价页岩气资源量2.8万亿立方米。页岩气等能源矿产调查评价有力支撑清洁能源开发利用，将惠及和带动当地上百万贫困人口脱贫致富。

第五，坚持把保障与改善民生作为扶贫工作的根本出发点和落脚点，集中力量解决贫困地区突出的民生问题。针对贫困地区工程性缺水问题，我们实施了一系列水文地质调查和饮水示范工程，着力解决农村饮水困难和农田灌溉用水。在六盘山区、滇桂黔石漠化区、燕山—太行山区、吕梁山区、沂蒙山革命老区完成地下水开发示范井6600眼、供水浅井213.5万眼，有效缓解了2250万群众安全饮水问题。针对乌蒙山血吸虫病区，精准实施水文地质环境调查，寻找安全饮用水源，开启“健康扶贫”新路径，防止“因病致贫、因病返贫”。根据贫困地区自然条件恶劣，自然灾害频发的特点，我们开展了地质灾害调查与防治服务，切实守护贫困区人民生命财产安全。近几年来，我们在贫困地区查清与排除隐患点10万多个，建立专业监测预警示范点30多个，近120万贫困区人口受益，有效支撑地方人民政府数百个城镇选址和村镇搬迁避灾，20万人搬离灾害严重区。

第六，创新地质调查成果评价机制，把贫困群众受益不受益，满意不满意、获得感强不强，作为衡量地质调查支撑脱贫攻坚成效的根本标准。习近平总书记提醒我们，“要精准扶贫，切忌喊大口号，也不要定好高骛远的目标。”“小康不小康，关键看老乡。”中国地质调查局牢固树立“脱贫为了群众、脱贫依靠群众、脱贫成果由广大群众共享”的理念，把贫困群众受益不受益，满意不满意、获得感强不强作为衡量地质调查支撑脱贫攻坚成效的根本标准。创新地质调查成果评价机制，创新地质调查技术标准和工作方法，创新表达方式和内容，围绕脱贫需求和目标，不平均使用工作量。以是否有效推进资源优势转化为经济优势，是否有效解决饮水安全等民生问题，是否有效保障生产生活环境改善，作为地质调查项目成果合不合格的考核标准。加快示范基地和示范工程建设，全力打通地质调查与脱贫目标“最后一千米”。我们要求，土地质量地球化学调查要做到成果能够直接支撑服务地方人民政府建设特色农业示范园，地质遗迹调查要做到成果能够直接支撑服务地方人民政府申报地质公园建设，水文地质调查要做到成果能够直接解决贫困区人民饮水和灌溉用水困难。延伸服务深度，矿产地质调查工作程度要做到异常查证甚至更深，实现与商业性地质需求无缝对接，加大扶贫见效快的非金属矿产资源评价力度。延长产业链，要求提供选矿炼矿综合利用关键技术，有效支撑矿山企业及时跟进，形成一批高效益绿色中小矿山勘查开发示范。

对此，贫困地区受益的群众给予我们以很高的评价。一些群众高兴地说，“我们农民舍不得离开自己的家乡，以前搬出去也是因为太穷了，没法子。现如今，富硒产业对我们当地的产业发展影响很大，地质公园有了，温泉也有了，将来肯定会有更多的人来旅游，我们的日子肯定会过得越来越好。”

近几年来，我们大胆创新，另辟蹊径，果敢实践，摸索并找到一条以地质调查工作的专业技术优势，以绿色生态农业、清洁能源产业、绿色矿业、特色旅游产业支撑服务贫困地区脱贫攻坚，支撑贫困地区产业优化升级和绿色发展的新模式，走出了一条“地质调查+”特色扶贫之路，获得了良好的效果。

如果要总结这些年地质调查工作支撑服务脱贫攻坚所取得的经验，可以归纳为几点，那就是：打赢脱贫攻坚战，实施精准扶贫，坚持以新发展理念引领是根本；制度保障、机制创新是前提；领导重视、组织到位是保障；发挥专业优势和地方资源优势、精准施策是关键；实践示范基地和示范工程建设、打通地质调查支撑服务脱贫攻坚“最后一千米”是重要途径。

“十三五”时期是同步进入小康社会的关键期，也是脱贫攻坚进入攻坚拔寨的冲刺期。中国地质调查局将继续深入学习贯彻习近平总书记系列重要讲话精神和治国理政新理念新思想新战略，深入贯彻中央扶贫开发工作会议精神，把支撑服务打赢脱贫攻坚战作为一项政治任务，继续坚持精准扶贫、精准脱贫，坚持需求导向与问题导向相结合，坚持发挥专业优势与立足贫困地区实际相结合，坚持点上示范辐射面上脱贫，坚持科技创新与制度创新双轮驱动，加大力度，加快步伐，延伸工作深度，强化转化应用，服务全国打赢脱贫攻坚战，让每一寸国土都发挥它的最大价值，为脱贫攻坚插上翅膀，为2020年前实现贫困人口全部脱贫、贫困县全部摘帽做出地质工作者更大的贡献。

前 言

赣南，一片神圣的红土地，一片地质人魂牵梦萦的红土地。

1987年起，国土资源部（原地质矿产部）扎根赣南苏区开始定点扶贫，至今已过去30年的光阴。30年来，历任部党组、部领导和中国地质调查局党组将赣南扶贫工作作为重中之重，接力扶贫。在这流金的岁月里，中国地质调查局充分发挥专业优势，精心实施了一批地质调查项目，及时将地质调查成果转化为实实在在的经济效益，助推了100多万人脱贫。地质调查的显著成果就像一个个音符，在这片红土地上谱写着新的时代赞歌。

扶贫路上，赣南大地每一千米都留下过中国地质调查局“翻箱倒柜，倾囊相助”的身影。“贫困不除，帮扶不息”，地质人对赣南无私援助的扶贫情怀，以及这种情怀催生出的一个个感人故事，值得我们铭记。本书写在赣南扶贫30年的总结时刻，写在扶贫攻坚的冲刺阶段，是一种纪念，一种肯定，更是一种激励和决心。

赣南大地，埋藏着丰富的矿产资源，人称“稀土王国”和“有色金属之乡”。然而宝藏埋在地下，难以发挥效益。中国地质调查局结合这一地区特点，有针对性地实施矿产地质调查，引领赣南绿色矿业发展，有力推动矿产资源优势向经济优势转化。矿产地质调查在赣南发现了星罗棋布的矿产地，形成了多处矿产资源开发基地，为钨、稀土和氟盐化工产业发展提供了资源保障。矿产地质调查还在这片崇山峻岭中探明了多处可供开发的地热资源，使得赣州拥有了“中国温泉之乡”的称号。2015年，赣州市采矿业总产值达320亿元，矿业延伸产业总产值达1333亿元，从业人员近14万人，形成了“一人就业、全家脱贫”的矿业扶贫模式。《莽莽南岭深深情》以多个典型矿产地为例，讲述了地质调查如何促进赣南找矿突破，促进资源优势转化为经济优势。《涌流》则重点讲述了中国地质调查局加强地热资源开发利用，助推赣南脱贫攻坚的故事。《科技唱响新长征路》记录了中国地质科学院矿产资源研究所以地质科技助力精准扶贫的故事。

“中国脐橙之乡”如今已是赣南的一张靓丽名片，一大批果农因此走上脱贫致富的道路。正如那首著名的歌曲《映山红》里唱的，春天，漫山遍岭映山红是人们对这片土地的美好印象。如今，到了深秋，金黄的脐橙遍布赣南大地，一派丰收的美景。脐橙产业的发展每一步，都与地质调查成果密不可分。中国地质调查局实施的土地质量地球化学调查，支撑着赣南现代农业的发展。调查圈定了绿色富硒土地资源，圈定宜果、宜烟、宜茶产业发展区域，为农业发展描绘了图景。调查还支撑建立农业科技示范园35个，调整富硒农产品种植40万亩，帮助40万贫困群众脱贫。书中《在“硒”望的田野上》这篇报告文学，用生动的故事和鲜活的案例反映了土地质量调查给这片土地带来的巨大改变。

赣南山清水秀，风景宜人，又是革命圣地，发展旅游业是脱贫攻坚的重要抓手。中国地质调查局在这里实施的地质遗迹调查，打造了特色地质旅游资源，有力带动地方特色旅游产业发展。在宁都、兴国、寻乌、南康等县，一大批丹霞地貌地质遗迹景观资源和大量古生物化石资源被地质人“慧眼识出”。石城通天寨国家地质公园和五指峰省级地质公园如今已申报成功，宁都县翠微峰景区和兴国县宝石寨—灵山风景区有望成为新一批省级地质公园。《丹霞红染扶贫路》这篇文章，真实记录了地质遗迹申报助推赣南经济发展的过程。

山区里，很多群众存在饮水困难，生活用水要到很远的地方去买、去挑。这对原本就处于贫困线之下的群众来说，无疑雪上加霜。为解决了贫困区生活生产用水困难，中国地质调查局在赣南实施了示范找水工程，通过建设地下水示范工程，打地下水开发示范井等手段，有效解决20万群众安全饮水和农业灌溉用水问题。此外，通过实施降氟改水工程，让数万人喝上了健康的自来水。《赣南命脉》深情描绘了一幅赣南找水打井的人物卷，讲述了为了让百姓喝上放心水，地质人付出的艰辛劳动。

赣南山区山高坡陡，不少村庄处在地质灾害隐患的威胁下，地质灾害易发频发。一场雨来，就可能造成滑坡、坍塌、泥石流等灾害。为切实守护人民生命财产安全，中国地质调查局大力开展灾害调查与防治工作。调查共查清地质灾害隐患万余处，并给这些隐患点都穿上“保护衣”，4000多人的生命财产安全得到保障。调查成果还指导2万余人搬迁避灾，成功避让地质灾害避免2662人伤亡。除此之外，在地质调查成果的支撑下，100多个废弃矿区得到了恢复治理，使“不毛地”披上了“绿衣裳”。《不负锦绣山川》用大量的真实故事、详实系统的数据资料，记录了赣南地质灾害及稀土矿山地质环境恢复治理取得的巨大成绩，读来振奋人心。

30年地质调查支撑赣南苏区脱贫攻坚，探索出大量行之有效的宝贵经验，为后续扶贫工作提供了重要启示——领导重视、持续发力是根本，组织到位、机制顺畅是保障，因地制宜、精准发力是基础，延伸服务、示范引领是关键，饱含感情、责任担当是动力。

支撑服务赣南苏区精准脱贫是地质工作者的历史使命，更是政治担当。中国地质调查局将坚决贯彻习近平总书记关于扶贫工作系列讲话精神，进一步落实中央和国土资源部扶贫工作部署。用非常之策落实非常之举，中国地质调查局将以更大的决心、更强的力度、更精准的举措，坚持需求导向和问题导向相结合，坚持发挥专业优势与贫困地区实际相结合，坚持点上示范辐射面上脱贫，2016—2018年三年安排经费不低于3亿元，强力支撑赣南苏区“到2018年，现行标准下贫困人口全面脱贫，贫困县全部摘帽”目标实现。2019—2020年进一步夯实脱贫基础，防止返贫复困。

30年的竭力相助，30年的不变情怀。赣南这片美丽的土地已和地质人的心紧紧联系在一起。地质调查为赣南人民脱贫致富描绘蓝图，保驾护航，在不久的将来，一定会谱写出更加辉煌的篇章。

目　录

在“硒”望的田野上

——中国地质调查局赣南土地质量调查扶贫工作纪实

刘　文

“对赣州所提的扶持事项，要翻箱倒柜、倾囊相助，以更大决心、更强的力度、更精准的措施，扎实做好定点扶贫开发工作，全力助推四县如期脱贫、实现小康”，要“用非常之策，落实非常之举”，解放思想、开拓思路，服务好、对接好赣州精准扶贫工作，实现脱贫目标。

引子：梦想照进田野，一份报告，一天抵达“一国两都”

2016年10月29日，对于兴国县梅窖镇的镇史来说，也许是个值得永远铭记的日子。这一天，一份《中国地质调查局南京地质调查中心在梅窖首次发现富硒土壤》的地质成果报告被递交到镇领导手中。金秋十月，一个普普通通的周末，路上，可见到三五个农户田间劳作的身影，在镇上住校一周的学生已背起书包走在回家的路上。谁也不会在意，一群在田间地头指指点点的城里人，拿着图纸在比画着什么，他们的县镇领导，为何眼里流露出欣喜而充满希望的神情。在这群人当中，那个穿着黑色夹克略操南京口音的中年人，正对着图纸跟大家讲解着。他就是中国地质调查局南京地质调查中心科技处处长陈国光，一起陪同前来的还有江西省赣州市矿管局调研员马钊善，以及资源管理科科长邹小平。他们在实地调研兴国县梅窖镇含硒地块，并就产业规划、基地建设、土地流转进行了精心指导，以求最大限度地发展“富硒效益”。

在赣南，兴国、于都和宁都三县，被当地人称为“一国两都”。那一天，为了提交报告，陈国光一行风尘仆仆，带着一颗为苏区人民脱贫致富火热的心，把成果报告一一送达“一国两都”，也把无数“富硒”的种子，深深埋进赣南这片红色的土壤里。

温镇长说，他们画龙点“硒”，是咱梅窖人的“杨救贫”啊！

据有关资料记载：硒是世界卫生组织和国际营养组织确认的人体必须营养元素，能提高人体免疫力，具有抗癌和预防心脑血管、糖尿病等多种疾病的功效，摄入不足或过多均会危害人体健康。

目前，绿色富硒耕地已经成为发展特色农业和生态农业新的增长点。湖北、广西、青海、浙江、福建、四川、江西、海南、湖南等省（区）人民政府已将开发富硒耕地作为实施农业强省战略的一项重要工作，大力开发富硒、富锌等特色耕地，形成特色农产品产业链，取得了显著的经济效益和社会效益。

离送达报告仅仅四个月后，当我坐在梅窖镇镇政府办公室，一份《2017年兴国功能农业富硒产业示范园建设工作方案》已经被铺展在镇长办公桌上。方案中“依托梅窖富硒土地资源优势，结合兴国梅窖镇农业产业发展现状，建设功能农业富硒产业示范园2000亩，实现园区产值2000万元，并打造‘富硒兴国’品牌，辐射带动周边农业产业发展转型升级”的字样赫然纸上，依托中国地质调查局南京地质调查中心成立的富硒土地成果转化指导小组，全力推进深化土地质量地球化学调查与成果转化。而更令我意想不到的是，梅窖镇富硒生态农业产业园项目建设规划早已出炉，我看到落款时间是“2016年11月25日”，距离中国地质调查局南京地调中心送交报告，相隔不到一个月！

我惊叹于这样的“兴国梅窖速度”，也第一次真切感受到地方政府对土地调查工作的焦渴心情。

早就听说兴国县是全国著名的苏区模范县、红军县、烈士县、将军县和人民军工摇篮，这一次到了兴国，才知它还是国家新一轮扶贫开发重点县，也是国土资源部在赣南的定点扶贫县。

县委常委、副县长王正颐就是部里下来挂职的干部。他接受采访时对我说，在部里“订单式”扶贫政策落地后，县里紧盯脱贫攻坚目标任务，用足用好地质调查、增减挂钩等帮扶政策，全县脱贫攻坚步伐不断加快。此成果是中国地质调查局南京地质调查中心于2016年4月先期在兴国县梅窖镇进行调查取得的，下一步，将扩大调查地域范围，力争到2018年全面完成全县农业地质调查评价工作。

他还说，就在上周中国地质调查局总工室和南京地调中心安排我们去了浙江两个县，就产业园项目进行了考察学习。中国地质调查局帮扶精准性很强，不仅把资源给我们找好了，还帮助我们一起制定产业规划方案。不仅做得精准，而且非常扎实。有了这样好的环境，我们必须“撸起袖子加油干”啊！

“为什么我的眼睛常含泪水，因为我对这片土地爱得深沉！”年近六十的赣州市矿管局调研员马钊善是土生土长的赣南人，下个月即将解甲归田的他，对于土地的亲近，对于土地调查工作对老百姓的重要性，感受颇深。我想起出发前，在赣州市矿管局组织召开的采访协调工作会上，他紧握拳头，一脸激动地说：“对于面朝黄土背朝天的老百姓来说，土地质量调查，真是太重要太重要了！”

是啊，这一份重要早已被国土资源部记挂在心，自1987年起，国土资源部（原地质矿产部）就扎根赣南开展定点扶贫工作，围绕特色农业产业发展，完成了赣南苏区1：25万土地质量地球化学调查。为查明赣南富硒资源分布状况、满足赣州市委市政府开发利用富硒土壤的迫切愿望，中国地质调查局在赣南部署了1：5万土地质量地球化学调查，由南京地质调查中心负责具体实施。方案在紧锣密鼓布局，一场奋力摸排富硒土壤的战役已经打响，这片无数先辈曾经浴血奋战的热土上，焕发出勃勃生机，升腾出无限的希望，正在书写新的传奇。

室外，春雨还在绵绵不断地飘洒，看似不善言辞的温镇长，聊起富硒土壤来倒是滔滔不绝。他展开一张《梅窖地区富硒产业规划图》对我们说，中国地质调查局南京地调中心不仅帮我们找到了15600亩富硒土壤，还对产业规划做出了很多有意义的指导。“这就是根据他们提供的调查结果和开发建议制定的。”他指着规划图对我说，“我们梅窖镇规划富硒生态农业产业园示范建设有三大区域，一个核心区，一个示范区，还有一个辐射区。核心区整合现有的脐橙、油茶和三黄鸡等产业基地，准备引进一个有实力的龙头企业，规划建设成以蔬菜、红薯、大豆、脐橙、百香果、黄花梨、油茶、三黄鸡等为主的种养产业。不知你有没有听说啊，我们这里有个三僚旅游景区，刚好这个富硒土壤分布在进景区公路的两边。我们准备在景区公路沿线种植油菜花、向日葵、火龙果，争取把梅窖打造成国家级特色小镇。还有啊，在示范区里，我们计划对土地进行流转，规划建设富硒蔬菜、富硒水稻、富硒水果和富硒油茶基地。”听他这么一介绍，我仿佛看见一个万紫千红的生动画面正在这个小镇徐徐展开。

“一期建设的核心区和示范区，已经在去年底启动了，计划在今年12月完成，二期主要建设辐射区，大力打造‘富硒梅窖’品牌，计划在2018年12月完成。中国地质调查局南京地调中心还专门成立了富硒土地成果转化指导小组，负责保障推进深化土地质量地球化学调查与成果转化。”

温镇长说，“富硒”这个东西看不见又摸不着，要靠中国地质调查局这样的权威机构通过技术手段来认证。发展富硒产业后，对我们当地的产业发展影响很大的，特别是在增加农民收入上会有成倍的提高。“听说全国75%的土壤都不含硒，我们赣州硒含量相对是很高的。富硒土壤中一般每千克含硒0.4毫克以上。硒在大米里含量最稳定，在水果里不是很稳定……”

听他说个不停，我笑了：“镇长您对这方面专业知识还了解不少呢！”他也不好意思地笑，随手指指我身边的矿管局人员：“呵呵，听他们说的。我们这里还有一个成果咧，南京地调中心发现了富硒土壤以后，还抽检了我们13个农作物样品，其中10个水稻样品中有7个富硒的，3个大豆样品也全部符合富硒产品要求。”

“您的眼里只有硒是吧？”我开玩笑地说。温镇长哈哈一笑：“那当然，富硒土壤是我们梅窖的宝贝咧，必须重视嘛！”

当我提起当地“三僚”文化“杨救贫”的历史典故，温镇长无不感慨地说，国土资源部中国地质调查局在梅窖、在兴国、在赣南帮助我们找到富硒土壤，为我们画龙点“硒”，这是实实在在的成果，比帮我们找到一座金矿还要强，他们就是咱梅窖人的“杨救贫”咧！

“地面”—“纸面”—“地面”，只为让你幸福转身

“用非常之策落实非常之举。”这是国土界高层对赣南苏区人民的关爱，“翻箱倒柜，倾囊相助”，这是国土人爱到深处的热血情怀。

精准扶贫，地质先行。中国地质调查局南京地调中心和江西省国土资源厅共商有关单位，左右对接，上下联动，以“踏遍赣南千层岭，描绘苏区万重山”的胆识与气魄，紧锣密鼓地走在扶贫攻坚战最前沿。

贫困地区往往山高水远，怎样让赣南这片无数先烈沉眠的红色土地焕发生机呢？为赣南苏区多找几个“聚宝盆”，是中国地质人一直追寻的目标，而土地质量地球化学调查成果，就是这众多“聚宝盆”中的一个。

为了让我对这“聚宝盆”产生的经济效益有个直观感受，邹科长提议带我去一家现代农业示范园看看，我愉快地答应了。

烟雨三月的兴国县，和风细雨，润物无声。一处处扶贫产业基地、一个个扶贫产业项目，如雨后春笋，展现出蓬勃向上的喜人景象。

我们要去的潋江现代农业示范园位于潋江镇澄塘村和杨澄村，是集秀美乡村建设和都市休闲服务于一体的综合示范园区，也是赣州市中心城区“菜篮子”工程蔬菜种植示范基地。园区采用“公司+基地+农户”的产业帮扶模式，示范并带动周边群众发展蔬菜产业，从而带动贫困户增收脱贫。

走进示范园，只见一座座钢架大棚鳞次栉比，一畦畦时令蔬菜郁郁葱葱。绿枝掩映的西红柿结出或青或红的果子，饱满丰实；一眼望不到头的高山西兰花，青翠欲滴；一根根鲜嫩带刺儿的黄瓜，正沐浴雨雾静静生长。

看着大棚里长势喜人的各式蔬菜，博苑农业开发有限公司总经理彭小明高兴地说：“呵呵，听县矿管局领导说，这片土地都是富硒土壤，这样用不了多久，就可以给我的农产品升级了。”

当听说2017年兴国县1：5万土地质量调查会全覆盖，彭总高兴地说：“那真是太好了！我们做产业园的，要依靠品牌优势才能做大做强，如果能够打响‘富硒’品牌，我们就更有信心啦！”

天气时晴时阴，不觉间，雨丝又漫天飘洒下来。

我们走进番茄大棚，只见几位身着围裙，手戴胶皮手套，脚蹬深筒雨靴的农妇正在剪枝修叶，把被果实压弯到地上的枝藤，挨个用小绳固定起来。年近六十的村民陈大妈，去年一直在这儿干农活。她向我介绍，平时在家里照顾孙子上学，一有空就来产业园干活，一天干8个小时是60块钱，她告诉我去年在这里挣了一万六千块钱，这在以前想都不敢想。“现在手头有了闲钱，日子过得顺心了，春节过年还给我的大孙子包了600块红包呢！”望着她那自豪又开心的笑容，我感觉心里暖暖的。

“以前真不敢想，像我这个年纪还能挣到这么多工资！”在园区除草的务工人员蓝云贵开心地说。他今年61岁，原来一家人在家务农，一年到头辛苦种地也没多少收成，是当地有名的贫困户。到园区做工后，每个月能拿到1800元基本工资。“现在一个月的工资是我以前在家种地一年的收入啊！”蓝云贵有些激动地说，“现在慢慢有钱了，家里搞起了家禽养殖，不出两年，就可以摘掉贫困户帽子啦！”

早在20世纪90年代，国土资源部中国地质调查局在赣南圈定了2250万亩适合种植蔬果、烟草、油茶、茶叶的产业发展区域，协助当地人民政府实施“一人一亩油茶、一人一亩脐橙、一户一亩蔬菜、一户一亩茶叶”的产业扶贫致富工程，帮助赣州“山上再造一个赣南”，帮助25万种植户、70万果农增收致富，解决了100万农村劳动力就业，还带动了苗木、农资、运输以及休闲旅游等全产业链发展。

而进入21世纪，为加快赣南贫困人口脱贫步伐，中国地质调查局探索扶贫开发新模式，在赣南发现一大批富硒土地，并支撑农业规划布局，带动特色农业产业园和示范基地建设。通过对赣南脐橙进行专题评价，确认赣南脐橙品质优良，脐橙中硒的含量普遍较高，为当地农民增收开启了一扇全新的大门。富硒土壤的发现，让贫困区的土地利用规划和特色农产品种植有了根本依据，使贫困群众增产增收，尽快脱贫。江西赣县采用“基地+农户”的帮扶机制，建立了富硒大米、瓜果、脐橙、油茶、甜叶菊等农业产业群。清溪地区成为以富硒产品为龙头的第六批国家农业科技园区，已投入园区建设经费约7亿元，惠及22.6万人，带动近10万人基本脱贫。赣县吉埠、南塘、田村等利用富硒土地，采用清溪模式，建立了特色农产品产业群，使得贫困农户在土地流转、劳务工资、技能培训中获得收益。

中国地质调查局瞄准扶贫需求，精准部署“订单式”地质调查项目，及时将地质调查成果转化为服务地方经济社会发展的产品和实实在在的经济效益。

“十二五”期间，为助推赣南苏区振兴，中国地质调查局精准发力，开启了“订单式”的扶贫模式。针对特色农业产业发展，精准实施了一批土地质量地球化学调查项目。围绕特色农业产业发展，完成了赣南苏区1：25万土地质量地球化学调查，针对特色农业区开展1：5万土地质量地球化学调查。

为做到“精准”，每年立项阶段，中国地质调查局通过与赣州市人民政府、国土资源主管部门开展需求、项目、成果“三个对接”了解需求，受钟自然局长委托，李金发副局长亲自带队深入赣州贫困地区的县、乡、村及贫困户家中开展精准需求对接，为做好地质调查支撑脱贫攻坚顶层部署，把脱贫需求转化为地质调查项目，确保取得实效打下了坚实的基础。

土地质量地球化学调查成果服务特色农业发展，在特色土地优势转化为经济优势中，越来越发挥着不可或缺的专业支撑作用。

在赣南采访期间，提到富硒土壤，我不止一次听到“衷存堤”这个名字。被誉为“中国硒谷”的丰城市富硒土壤的调查工作，就是在中国地质调查局南京地调中心部署下，由衷存堤带领的团队具体实施的。现为江西省地矿局地质调查研究院副院长的衷存堤，业务工作十分繁忙，但当听说我的来意，还是热情接受了电话采访。

电话这边春雨淅淅沥沥下个不停，电话那头衷院长聊起富硒土壤的前景令人振奋。

如何及时将地质成果转化为服务地方经济发展的产品，实实在在提高老百姓的收入，从而带动贫困户脱贫呢？衷存堤说，丰城富硒土壤开发就是地质成果成功转化的范例。早在2007年，“江西省鄱阳湖及周边经济区农业地质调查”项目通过省部合作得以实施，他们就是通过这个项目发现并圈定了500多平方千米的富硒土壤。

提到富硒农产品的热销，他说前不久刚从丰城回来，他了解到，通过十年的不断努力，丰城的富硒有机农产品价格在成倍增长，呈现出产销两旺的喜人景象。2016年，整个丰城富硒土壤带来的产值已经达到60亿元，从而有力带动了当地贫困人口成功脱贫。

衷存堤说，随着国家社会经济发展，人们生活水平的提高，大家都有钱了，人们对健康长寿的追求与日俱增，硒的作用正好迎合了这个点，现在有产业，有市场，要发展这一块，前景是很好的。

赣州市政府显然早已意识到富硒土壤带来的巨大威力和美好前景。2016年5月17日，在赣县和于都1：5万农业地质调查成果推介会上，赣州市副市长宋全祥动情地说："在全市打响'六大攻坚战'之际，部、省的地质专家带来这么好的地质调查成果，为我市现代农业发展提供了一个非常难得的契机。"宋全祥进一步强调，在实际产业布局中，要把这项地质调查成果充分应用好，尽早实现从"纸面"到"地面"的有效转化。

从"地面"上来，到"地面"上去，中国地质人正在用汗水和智慧，拨开众土，点"硒"成金。

中国地质调查局在赣南苏区实现1：25万土地质量地球化学调查全覆盖，圈定富硒土地572万亩，绿色无污染土地5320万亩，支撑建立农业科技示范园35个，圈定2250万亩宜果、宜烟、宜茶产业发展区域。完成特色农业种植区1：5万土地质量地球化学调查135万亩，调整富硒农产品种植40万亩，有效服务土地利用规划和特色农产品种植，提升富硒农产品价值，增收8亿元，40万贫困群众从中受益。

离开赣州的当天上午，为了给这几天的采访有个清晰的梳理，我和同伴在赣州市矿产资源管理局大楼，见到了支撑赣州六县精准脱贫攻坚地质调查协调联动办公室常务副主任、华东项目办规划处处长曾勇。

我提及"纸面"到"地面"的具体举措，曾勇说，我们前期做了土地调查，提交了报告，但如何从"纸面"到"地面"，将土地质量调查成果转化为经济效益，从而带动当地老百姓脱贫呢？所以每个项目都要做几个示范区，让大家对我们的成果看得见摸得着感受得到。目前我们在做的示范区有三类。第一类像梅窖镇这样的，我们采样测试调查结果是富硒土壤，就把成果送给乡镇政府，和县里统一做规划。这一块我们要做三项工作，第一个是富硒的规划利用，第二个是土地综合利用，第三个是土壤的改良。规划做好后就要做土地流转工作，政府根据你的规划做土地流转，引进企业。在每个县建两到三个示范区。第二种呢，是已经建好的产业园，比如你去过的兴国博苑产业园和赣县的油茶基地，我们就去采他们的原土，如果采出来是富硒的，就给他品牌升级。如果你这个蔬菜啊茶油啊不仅是有机的，还是富硒的，那就皆大欢喜了。还有一种，现在政府不是搞那个产业规划嘛，赣州市整个农业产业园有好几百个咧，我们争取做到和政府同期规划，这样的话既符合规划要求，又有企业马上在边上等着，可以达到立竿见影的效果。

看我听得认真，曾勇接着说：把这事做好以后，和农民脱贫是怎样结合起来呢？一个是农民可以在土地流转中受益。第二个呢，六十块钱一天，可以到产业园里务工。还有一个我认为更重要的，就是整个农村的生产结构和农民的劳动方式发生了根本转变。以前都是面朝黄土背朝天的，我要打工还要到深圳广东去打工，现在干活我在大棚里干，我要打工就在自家门口打，甚至我还可以自己经营咧！说到这里，曾勇的眼里满是自豪。

不知怎么的，我突然想起曾经传遍中国大地的一首很熟悉的歌来：“老人们举杯，孩子们欢笑，小伙儿弹琴姑娘歌唱……”，不用再离乡背井去他乡打工，做自己田野上的主人，这才是老百姓其乐融融的幸福生活，这才是扶贫帮困的最高境界啊！

曾勇介绍说，“十三五”期间，中国地质调查局针对赣南扶贫提出了实现“四个全覆盖”，其中之一就是1：5万土地质量地球化学调查，也就是2017年实现赣县、兴国、于都、宁都、瑞金、寻乌等六县特色农业区全覆盖，2018年实现整个赣南苏区特色农业区全覆盖。为此，中国地质调查局还精心编制了项目工作方案，确定赣州六县1：5万农业地质调查区面积8000多平方千米。

“三十功名尘与土，八千里路云和月。”走过三十年与赣南苏区人民携手相牵的真情，而今中国地质人要在8000平方千米的红土地上“倾囊相助”再赴征程，给苏区人民送来绵绵不断的幸福和惊喜。

“硒”望在左，奋斗在右，总有一种感动在心头

雨还在不停地下，雨刷左右摇摆中，刷出了一片清新美丽的新天地。我似乎看到富硒土壤带来的美好光景，然而，为了这个成果前期付出努力的人们呢，那是一个怎样的团队，一种怎样的工作状态呢？

经邹科长多方联系，我们终于在梅窖镇上找到了一个叫“庐家宾馆”的地方，这里正是中国地质调查局南京地调中心土地质量地球化学调查项目组所在地。

听说我们是来了解项目组的小伙子们，宾馆老板娘忙放下手里的活儿，满面春风从里间迎了出来。

“2016年4月份吧，店里来了八九个外地的小伙子，大部分年纪20多岁的样子，他们跟我说了，是来赣南搞土地调查的。”老板娘边招呼我们坐下，边热心地介绍。

“您当时知道土地调查是干啥的么？”

“他们跟我解释了，调查这个土地有没有硒，是不是富硒，有没有重金属污染啊，我一听说他们是来为我们做贡献的，这个距离就一下子拉近了。”

当我问起小伙子们工作是否很辛苦，她很肯定地点头：“这个肯定很辛苦，一大早出门，近的话中午就回来吃饭，如果离得远，就自己带干粮。”

说话间，宾馆老板从外面进来，他警惕地打听我们是一群什么人，老板娘赶紧跟老公解释：“是来采访张明他们的。”提起“张明”这个名字，感觉她就像说起家人一样，而看得出来，这位宾馆男主人对我们的警觉，大概也是出于对张明他们亲人般的保护。

“平时他们出门还要扛着仪器么？”我试图把话题往细的方面引导。“是哦是哦，他们出门都要带好多东西，铁锹啊背包啊。去年夏天的时候，天气本来就热，山上树林又密。他们每天回来的时候，那个鞋子啊衣服啊，满身都是泥都是汗。我在家里穿短袖还要吹空调咧，可是他们还要穿上好厚的工作服，还要背那么多仪器，真是好辛苦，不容易！”

一直在旁边观察我们聊天的老板忍不住插嘴：“还有好多蛇！”老板娘赶紧

点头:“是是是，蛇好多的，他们定了那个位的，不管怎么困难，都要爬到那个点去挖那个土。”

“你都知道他们的名字么?”“名字啊，我记得一个叫张明的，年轻轻的，还是个博士咧!”老板娘无限地自豪，就像夸赞自家的兄弟。

老板似乎已放松对我们的提防，不知什么时候，把来客登记本翻了出来。我看到其中有两个人的名字:一个是“周墨”，登记地址是北京市海淀区中国地质大学成府路;另一个叫“雍太健”，是南京浦口桥林镇西山村人。

“你们在一起聊天，听得懂话么?”我听见店老板偶尔的搭腔带有很重的客家话口音，于是这样问老板娘。

“嗨，经常就是我在中间翻译一下，呵呵。有的时候要翻译几遍，嗯?啊?然后，哦!”她边说边笑边比画着。

但很快，她又收住笑容:“想想如果自己的兄弟、自己的孩子，在外面也是这样风里来雨里去地辛苦干活，真的好心疼的。刚刚来的时候，他们个个都白白净净，走的时候人人都晒得黑不溜秋的。”

“在一个锅里吃饭，跟你们口味不一样的吧?”

“是是，他们不吃辣椒，我们就一起跟着不吃辣椒了。你看他们工作这么辛苦这么负责，要想办法让他们吃好点，吃得合口味点，对吧?”

“谢谢你哦大姐，谢谢你心疼他们，为他们着想。”我心头一热，不禁搂了搂她的肩，脱口而出，“他们都是一群年轻的孩子，远离家乡远离亲人，你的庐家就是他们在江西的家了!”一直陪伴在身边的市县矿管局领导也个个伸出手来，一一和他们握手表示感谢。

老板已完全看出我们并无恶意，于是主动提出要带我们去看项目组的样库。在那里，我见到成箱成箱标有“南京地质调查中心土壤(化探)项目”的样品袋，采样地区、编号、样品重量、加工人员及加工日期都一笔一画认真标注了。两个大风扇，直径足有一米，霸气地立在卷帘门中间。几把铁铲和两双高筒套靴静静靠在墙角，一双黑灰色运动鞋上，还沾着已经风干的泥土。一个天蓝色的大塑料箱中，整齐摆放着马扎、木榔头、小排刷、小木勺及样秤，我还欣喜地见到一张“青塘—梅窖野外手图”，图上的标点清晰可见。我将这些物件一一用手机拍下，眼前仿佛看到这群可爱的年轻人田间山头忙碌的身影。同时，也感动于当地老乡和项目组成员间鱼水般的情谊。

在我离开赣州的第三天晚上，终于联系上了老板娘口中念叨的南京地调中心那位叫“张明”的年轻博士。

今年35岁的张明说，项目组除了他和负责人陈国光处长，其余都是不满三十的年轻人。他说全组人员目前已回到赣南，和江西地矿局、煤田局、有色局各路人马全力以赴投入到1∶5万土地质量地球化学调查攻坚战中，他们项目组分兵部署在于都、赣县和瑞金。

我提到他们工作中的艰辛，提到老板说他们有时中午不能回到驻地吃饭，他说“午饭没什么保证，样点采到哪里，就在附近老乡家找点吃的，往往过了饭点，肚子饿得咕咕叫，老乡家有什么吃的，垫吧垫吧就行。”

“午饭没什么保证”？张明说得轻松，我听着却别样地心疼。我想到某省台一档电视节目中，一对年轻情侣为了挑食引发情感危机，还要节目爱情导师去分析去劝解。一样的独生子女，一样的青春年华，做人的差别怎么这样大呢？而谈到地调工作中的辛苦付出，张明就一句:“习惯了，没啥！”

与有时出现的危险相比，张明他们的确会感到“饿一点没啥”。2016年5月的一天下午，张明带着同事周墨在梅窖镇的一个片区采样。背着背包，扛着铁铲，他俩走在通往样点的田埂上，远远望去，微风吹过处，周围田里一片绿油油的景象。忽然，就在他们前行的田埂边，不知什么时候出现了一条细长软捏的家伙，青褐色带花纹的外衣，三角形的扁脑袋，正窝在那里一下一下吐着信子，发出瘆人的“丝丝”声响。天！这就是传说中的眼镜蛇吧，今天竟与它“狭路相逢”了。虽说天气转暖，项目组人员每天见到两三次这种家伙是常态，但是对于从小生长在平原地带的张明他们，提到蛇的概念还是心中发毛，何况今天遇到的是毒性极大的眼镜蛇，最要命的，他们发现这家伙时，已离它只有不到五步远了！

走在前面的张明，脑子里“嗡”的一下涌出千万种危险场景。跑，还是不跑，这是个问题。庆幸那家伙稳稳趴在原地，暂时还没有攻击的意思。没有任何犹豫的，他用胳膊捅捅身后的小周，暗示不要发出任何声响，然后，他俩一边紧盯着那窝成一团的“眼镜”，一边一步一步往后撤去。

“我俩脚步很慢，但那离开的心啊，恨不能是光速了！”至今提及这一段，张明还是心有余悸。张明说，那一天，他俩绕了好大一圈的路，才到达当天的任务样点。

观察、采样、记录、测试、连图……无数地质人日复一日的工作枯燥而艰苦，完成了从“地面”到“纸面”的前期调查工作。一份份饱含富硒的报告，为赣南描绘着幸福前景；一组组浸透汗水的数据，承载着对苏区人民的厚爱深情。

周六的清晨，我站在山水大厦六楼一间客房的窗前，一边喝茶一边望着室外朦胧的雨雾，遗憾着这么多天，还没见到一个参与土壤调查项目的一线人员。正想着，手机铃声忽然响起，原来是南京地调中心的方捷，这段时间一直是他负责联络接洽我们的采访工作。方捷不仅担任六个组的采访协调任务，还参加了地质遗迹资源采访组的陪同任务。这么密集的采访，难得他还记得我想见项目组人员的需求，他说帮我联系了在崇义的一个1：5万土地质量地球化学调查项目组，他们正在进行野外调查，并把项目组负责人的联系电话发给了我。果断放下水杯，我换上户外服抄起一把伞，背包出门。

十分钟后，江西省环境总站赣州站站长彭卫星驾着一辆越野车，出现在山水大厦门口，一同前来陪我去采访的，还有站里的85后小伙子刘兴畅。省环境总站是赣州市6家地质灾害技术支撑单位之一，业务量很大，但是完全公益的。彭站长说，赣南的老乡十分纯朴热情，我们在地灾勘查时，无论是不是饭点，老乡们总是千方百计往你包里塞些吃的。他说，这种鱼水情谊，是赣南苏区人民的一种传承，更是对我们赣南扶贫工作的一种肯定和感恩啊，有了这些，所有的付出，值了！

雨越下越大，密集的雨点打着车顶“砰砰”作响，我不禁又纠结起来，这么大的雨，野外工作怎么开展啊。小方一直在群里发微信安慰:“车到雨停”。我哈哈一笑，回复他:“托你吉言哈”。神奇的是，经过一个多小时的风雨兼程，上午十点半到达崇义县的过埠镇项目组所在地时，雨果然很配合地停了。

项目负责人邹勇军带着项目组长李昌龙早已等候在路边。李昌龙是个高高瘦瘦的帅小伙。他说项目组每天工作范围头天晚上都要布置好，现在是一个点三个组，每组两个人，一共是4个点20多个人，一个组一个北斗移动终端（GPS），一个人负责记录找点，一个人负责采样。一个上午一个小组采七到八个样，每个样都有四五斤重，一天一组采十五六个样，三个组就有四十多个了，处理样品要晾晒，然后还有这么多资料要标在图上并将样品放进样品库。

土样风干以后，我们就把土里的石头啊草根啊捡出去，先把它碾碎，再用筛子过一遍。一袋四五斤的土样，水分去掉百分之三十，再去掉杂质，最后留下一斤五两的粉末。分成主样和副样，一份送交实验室，另一份备用，以防数据出现问题要复查的。

我看到桌边有两张图，上面密密麻麻全是小黑点，邹勇军介绍说这是“航迹图”。队员每天出去采样时，从下车那一刻开始，GPS每隔五米就给你记录一个点，然后把你走的路线生成一张图。

聊起队员们的表现，李昌龙指指身边的黄小伟：这位兄弟去年12月份做的爸爸，孩子还没满月，就跟项目组去了赣县。平时抽空就跟女儿微信视频。我说：女儿才几个月，也不认得你啊！“我认得她！”小伙子很认真很肯定地说。

我听说他们为了赣县项目，腊月二十还在野外，李昌龙笑指他们的“顶头上司”邹勇军：是啊，这个家伙过小年了也不让我们回去，情人节又把我们全都拖到这边来了，还口口声声说是为我们着想，替兄弟们省钱！邹勇军也笑：“情人节又要请女友吃饭，又要买东西，难道不是为你们省钱啊！”一句话说得大家又笑了起来。

李昌龙说，其实我们大家都很理解“头儿”的，南京地调中心对项目要求很严格，我们既是对中心负责，也是对自己工作负责，相互间建立信任关系嘛。

今年37岁的马逸麟，是江西省地矿局地质调查研究院土地生态地质所所长，2004年至今，他已跟随衷存堤在赣南土地质量地球化学调查工作十多年了。聊起他的团队和工作伙伴，他转给我一位队友的工作日记：

“2017年1月7日，是瑞金市谢坊镇工区开展野外样品采集的第二天，天气阴，气温只有5℃。根据任务安排，我和同伴负责安富村周边样品采集工作，这其中有一条狭长的山间沟谷中需要采集3件样品，依次沿沟谷的谷口、中段及谷底取样。

山谷平地原本是水田，但水田早已荒废多年，变成长满杂草的沼泽地，人迹罕至，原本的小路也早已长满了荆棘，无法通行，只得从沼泽田里行进，前面两件样品离沟口较近，采集还较顺利，到最后一件样品，越往里走山谷越发狭窄，沼泽发育程度也越高，水位也更高，稍不注意一脚踩下去，冰冷刺骨的水便淹没了整个鞋背，没过了脚踝。离预定采样位置还有800米。考虑到还有一天的工作量，总不能一整天穿着冰冷刺骨的湿鞋工作，思前想后果断脱掉了鞋和袜子，赤脚淌泥水行进，已经顾不上深冬寒冷的冰水，深一脚浅一脚缓慢行走在寂静的山谷中，有时陷得深了连脚都拔不出来，还得借助手“四脚爬行”。大约过了半小时总算到达预定采样位置。”

完成这个任务，写下这篇日记的人名叫“周强强”，这一天离他妻子预产期不到四十天。他说把妻子独自留在家中无人照顾，心里满是愧疚，他说把工作做好了，对岗位尽责了，也就是对家庭的担当，才能对得起妻子的这份理解和支持。

语言朴素，但情感真诚，一代又一代国土人就这样年轻着，经历着，成长着，奉献着。

我的父亲1957年毕业于南京地质学校，之后，他的整个找矿生涯都在江西度过。就在我出发来赣州的火车上，他还发了微信给我，高兴地说他用“美篇功能”完成了他的《地质人生》。图文并茂，大致勾勒了他老人家六十年的找矿历程。作为地质二代的我，感到无上的荣光和深深的感慨。

在去往赣县的路上，我和同车人说起小时候父母把我放在江苏姥姥家长大的情景。“那时你的父辈们吃了好多苦哦，你没吃苦吧？”“我没有吃苦，但在我成长的岁月中失去了父母的爱啊！”

想想如今奋战在一线的那些年轻父母，离乡背井打水找矿，忙碌在异乡的田间山岭，我就不由得想起自己父母年轻时候的场景，也想到和我一样，每天只能对着照片去喊“爸爸妈妈”的孩子们。

漫漫三十年的赣南扶贫路，从1987年其前身地矿部开始到如今的国土资源部，一任接一任的部领导、一茬接一茬的扶贫工作队员、一批一批的项目资金定点扶贫赣南，三十年如一日的不变承诺，一万多个日夜的辛劳奉献，帮助赣南老区改变落后面貌，帮助老区人民脱贫致富，铸成了福泽惠民的不朽丰碑。

其间，又有多少像我一样的地质二代在远离父母的爱中成长，三十年，父辈们的艰辛付出已化作累累果实和赣南苏区人民脸上绽放的笑脸。如今，我们的下一代还在这条扶贫路上一茬又一茬，尽心竭力，无悔奉献。

后　记

当年，长征路上几乎每一千米就有一名兴国籍将士倒下；而今，扶贫路上，赣南大地每一千米都有中国地质调查局“翻箱倒柜，倾囊相助”的温暖身影，这是一种情怀，更是一种恩情！

在离开赣南的列车上，三月里的小雨还在淅淅沥沥绵绵下着，列车穿越一个又一个山间隧道，一路向前。我一边望着车窗外呼啸而过的赣南大地，一边插上耳塞听着李健那首《最美的春天》:“我想所有的鲜花，开在最美的春天，我多希望看到你，自由地翱翔，风雨中有坚强的翅膀，怎能让时光匆匆蹉跎了梦想，开始的路就不叫远方。”是的，三十年不断传承接力，扶贫攻坚就一定会任重而道不远。我仿佛看见，这些天来，我一直寻寻觅觅的“富硒”，正带着一双隐形的翅膀，承载着中国地质人的扶贫梦想和苏区人民脱贫致富的美好希望，在赣南这片无数先辈为之浴血奋战的红土地上，穿山越岭，展翅翱翔！

丹霞红染扶贫路

——地质遗迹申报助推赣南经济发展侧记

夏 磊

国土资源部：赣南老区不脱贫，我们扶贫绝不脱钩

当小温匆匆忙忙来到我们地质遗迹采访组时，我一时竟没认出她来。小温是我十年前来石城县做土地调查时认识的一名导游，那时她刚刚从学校毕业，拿到了导游证，却没有什么工作可做，常常很多天都没有游客，只能再找一份事情做，那天她带我们去看了一个客家围屋就结束了行程。

如今，小温已经到县旅发委工作，人明显比以前成熟干练了许多。她告诉我，现在工作很忙，游客很多，一到节假日更是要加班加点，眼下，通天寨地质公园已获得国家地质公园资格，上面给了地质遗迹保护经费，游步道建设、污水排放、科普馆建设等大量工作要做。她还告诉我们，拿到国家地质公园后还要申报5A景区，到那时，这里的旅游业一定会更红火。

小温的一番话让我们感慨不已，国土资源部中国地质调查局无数国土人地质人为之奋斗了三十年的赣南扶贫工作在小温这代人身上已经看到了明显的成效，已经深刻地影响和改变了赣南人的生活，这是我们采访组最深切的感受，同时我们也感受到我们肩上的使命，一定要记录好这段人类历史上罕见的扶贫壮举，记录下这段艰苦卓绝可歌可泣的日子。

赣南地区是原中央苏区的核心，是中国革命和中华人民共和国的摇篮，每个中国人提起赣南都会肃然起敬，我们会想到这个地方有将军县，有稀土，有脐橙，而同时也会想到这个地区交通不畅，经济落后，是国家的重点贫困区。

习总书记说:“我们要立下愚公移山志，咬定目标，苦干实干，坚决打赢脱贫攻坚战。”可以说，拔掉穷根、消灭贫困的呼声响彻了赣南大地。2016年3月，中国地质调查局党组成员、副局长李金发深入赣南山区，他指出，要按照国土资源部姜大明部长提出的“用非常之策，落实非常之举”，服务好对接好赣南精准扶贫工作，实现脱贫目标。2017年3月31日，“中国地质调查局支撑赣南脱贫攻坚地质调查2016年工作部署对接会”在赣州召开，会议在农业地质调查、特色矿产调查、水文地质调查、地质灾害调查、地质公园建设等方面全方位做了部署。江西省地矿局一直是国土资源部（原地矿部）赣南扶贫的先头部队，局长苗壮在2017年全局工作会议上的讲话里说:“赣南等原中央苏区振兴发展国家级战略正在实施，我们要加强旅游地质工作，积极申报地质公园，促进旅游产业发展。”

国土资源部中国地质调查局在赣南开展定点扶贫工作可以上溯到20世纪80年代的1987年，整整三十年里，当年的地矿部在全国率先深入赣南开启了对口定点扶贫的征程，之后的历任党组接力扶贫，“赣南老区不脱贫，我们扶贫绝不脱钩。”这样的庄严承诺落地有声并且回响在所有国土地质人的耳畔。

地质遗迹是地球46亿年演化过程遗留下来的记录，是在地球演化的漫长地质年代，由于各种内外动力形成发展并遗留下来的不可再生的自然遗产，许多重要的地质遗迹代表了一个地区的地质历史和演化过程。地质公园的设立告诉了人们，我们每天抬头就能看到的这座山，其实是独特的、美丽的、不可再生的，它蕴含着许多科学原理和奇异风光，它可以吸引全国和世界各地的人来这里考察学习观光旅游。自然对人类是公平的，你发现它爱护它，它就会给人类带来最丰厚的回馈。

开展旅游地质调查，设立地质公园，从而拉动旅游业发展是近些年开始的，江西的地质遗迹调查工作始于2000年，江西地矿局及所属江西地调院开展的这项工作也是与时俱进、适应市场需求而进行的扶贫新举措。通过许多地质工作者的辛勤工作，在赣南发现了宁都、兴国、寻乌、南康、石城、上犹等地大量丹霞地貌地质遗迹，中国地质调查局协助当地政府成功申报了石城县通天寨国家地质公园和上犹五指峰省级地质公园，并发现了一大批景观资源，使丹霞地貌在赣南红土地上成为一道独特靓丽的风景，一批新景区闪亮登场，当地经济和就业水平因此而普遍提升。

目前，赣南地区已经成功申报了一处国家级地质公园，一处省级地质公园，中国地质调查局地质环境监测院还在为兴国、宁都两处省级地质公园的申报提供技术支撑和多方面支持。2017年3月31日，支撑助推赣州获得了“中国恐龙之乡”这块金字招牌的称号。已建成的公园仅石城国家地质公园2016年门票收入就达到了2000万元，并且带动全县的旅游业创下了15.08亿元的收入。石城县从一个偏僻落后的县成为现在的集地质公园和温泉体验于一体的旅游度假目的地，吸引了本省以及福建、浙江、广东的大量游客。赣南的百姓对地质公园显得非常熟悉并且期待它们能在自己家所在地落成。

县政府矿管局：要实现全域旅游，地质公园发展是第一要务

我们的采访组来到了石城县地质公园通天寨区域。

石城地质公园位于江西省东南部武夷山脉中段西侧，隶属江西省赣州市石城县管辖。公园地质特征独特，丹霞地貌与众不同。公园距石城县城东南7千米处，G72和G35高速公路分别于公园南部和西部穿过，现在的交通比以前便捷了许多，但铁路和机场还在规划设计之中。

“丹霞”一词用于描述红色岩层所形成的丹崖赤壁地貌景观，最早可追溯到唐代。“江暖客寻瑶草，洞深人咽丹霞”，这是诗人王贞白首次使用“丹霞”一词来描述红色砂砾岩地貌特征。

1988年，中山大学地理学教授黄进在《丹霞地貌与旅游资源》文中提出“发育于侏罗纪至第三纪的水平或缓倾斜的厚层紫红色砂、砾岩层之上，沿着岩层垂直节理由流水侵蚀及风化剥落和崩塌后退，形成顶平（或顶斜）、身陡、麓缓的石寨、石墙、石峰、石柱等奇险的丹崖赤壁地貌称为丹霞地貌”。20世纪90年代到2011年，黄进先后三次考察了石城县通天寨，出版了《石城丹霞地貌》一书。一系列的科学成果确定了通天寨区域的独特的大地构造和极具科学性、稀有性、观赏性的珍贵地质遗迹，园内地貌类型丰富，有丹霞峰丛、石柱、石崖、石墙、崩积岩块、龟裂石、丹霞洞穴等特殊地貌，尤其以圆顶石寨峰为代表，而龟裂石

地貌的异常发育形成的景观更是世界罕见。

采访组进山的时候正在下雨，许多山峰影影绰绰地沉浸在雨雾之中，远处的那座造型奇特的山峰“生命之根”平添了几分神秘。雨中的丹霞地貌和晴天的有很大不同，晴天里，朝阳晚霞照耀下的石壁鲜红壮丽，而此刻却呈现黛色，山和水和树融为一体，更显出自然造化的神奇。

陪同我们采访的县矿管局纪检组长王美芳是个热情干练的80后，看得出来他热爱他的家乡和客家文化，他熟悉这里的一草一木，他如数家珍地介绍了这座公园的由来。作为一名地矿人，他比旁人更懂得来自国家特别是国土资源部和中国地质调查局的支持和发生在这里的变化。

小王为我准备了《江西石城地质公园申报书》和《江西石城国家地质公园情况汇报》，而更多的还是在谈许多人为这座地质公园所做出的艰苦的劳动。

通天寨是石城地质公园的中心景区，其开发是从2007年开始的，那时连进山的马路都没有，当时是驾驶员的小王就是在一个雨天跟随领导用一块红毯和几把铁锹完成了地质公园的奠基。通天寨的开发迅速引起了国土部扶贫工作的高度重视。当时正值2012年《国务院关于支持赣南原中央苏区振兴发展的若干意见》正式出台，中国地质调查局精准发力，立即责成江西省地调院全力以赴给予技术支撑，于是一批地质工作者来到了赣南各县，也来到了石城的山水之间，他们远离家园，风餐露宿，默默地在赣南的大地上洒下了他们辛勤的汗水，同时这汗水也浇灌出了一片片丰硕的成果，丹霞地貌显露端倪。

经过大量的前期申报工作，石城地质公园于2013年8月经国土资源部核准为国土资源部科普教育基地。2014年1月，获得第七批国家级地质公园资格。2015年6月，经国土资源部向中国科协推荐，成功申报全国科普教育基地。2016年12月3日《江西石城国家地质公园规划》顺利提交评审，这标志着石城国家地质公园建设有了更加清晰的蓝图。

石城县分管旅游的廖丽萍副县长和矿管局邓扬俊局长在交谈中告诉我们：获得国家级地质公园资格后，县委县政府高度重视，根据“精致县城、秀美乡村、特色景区、产业集群”四位一体的“全域旅游”的工作思路，县里把地质公园作为地质遗迹保护利用和发展旅游事业、促进县域经济社会可持续发展的第一要务来抓。按照国土资源部的要求，经过几年的规划建设，目前已建成从县城通往通天寨的互通公路，建成游客服务中心两处，停车场约6000平方米，景区游览道约4600米，护栏约1600米，20余千米公路白改黑工程，完成石城地质公园通天寨北门主标识系统及景点解说牌的建设，《江西石城国家地质公园总体规划（2016—2030）》现已编制完成，即将以县人民政府名义发布实施。地质公园博物馆布展方案于2017年2月8日在南昌通过专家评审，即将对地质公园博物馆进行全面升级改造，打造符合国家地质公园标准的影视厅及地质博物馆，同时拍摄地质公园影视宣传片，印制科普读物及开发纪念品，提升展示功能和科普功能，向中外游客全面介绍石城地质公园的地质景观、地质科学发展史和其他景观、自然和社会环境等内容，为游人提供一个舒适的科普教育及专业科研场所。

在他们给我的资料里有这样一段话：园区内的地质地貌景观特点突出，美学价值极高，尤其是丹霞地貌景观秀美多姿，从形态、色彩、结构上有着与其他地貌景观不同的美学特点，游人无不为之赞叹。它们能够满足人们回归自然、旅游观赏、愉悦身心等多种需要，也可满足人们探秘、求知的需求。生态环境和生物多样性的保护，其意义是显而易见的，它将使公园内的景色更加秀丽，环境更加优美，保护生态环境和自然资源也是我们人类的责任，是地质公园可持续发展的重要基础条件。

资料预见：石城国家地质公园，作为一处以丹霞与温泉为特色、融地质历史与地域特色文化于一体的科学公园，依托地质遗迹景观资源和初具规模的旅游服务设施，公园旅游业的快速发展，正在成为带动革命老区人民脱贫致富的支柱产业。建立地质遗迹保护区，并对地质遗迹实施有效、合理的开发，可以使园区丰富的自然与人文景观资源为人类永续利用，成为地质学、地貌学的科研与教学永久性基地，对于石城地质旅游业及地方经济持续快速发展产生积极的长久的效益。

我们十分欣赏石城人的智慧，他们很好地借助了国土资源部的扶贫政策，也抓住了生态旅游发展的绝佳机会，同时创造性地开发了独具特色的旅游产业，并且惠及百姓，取得了丰硕的成果。有一组数据为这个成果提供了佐证：

2010年石城地质公园接待游客约38万人次，旅游总收入约2080万元。2014年，石城地质公园获得国家级地质公园资格后，全县接待游客量为170.1万人次，旅游总收入5.15亿元。2015年全县接待游客量为233.6万人次，旅游总收入7.334亿元。2016年，全年接待游客量为334.2万人次，旅游总收入为15.08亿元。旅游人数2014年比2013年同比增长25%，旅游收入同比增长26%。旅游人数2015年比2014年同比增长37%，旅游收入同比增长42%。旅游人数2016年比2015年同比增长43.1%，旅游收入同比增长78.7%。2016年地质公园带来的门票收入约2000万元，直接解决就业人数360余人，间接解决就业人数两千余人。

这组数字并不枯燥，它显示的增幅令人惊叹，这组数据反应的县域经济发展已经被有关部门称为“石城现象”，而这种现象一定会像他们规划的那样，在全赣南遍地开花。按这个势头发展，赣南的地质公园和温泉带动的生态旅游业将很快成为赣州的支柱产业。

我仿佛透过这些数字看到了公园里人头攒动的情景，仿佛看到了导游小温和地矿局小王他们的笑脸，也仿佛看到了国土人地质人留在这片土地上的一个个辛勤的足迹。

大畲村村民：我们这里除了山不变，其他的都在发生变化

采访途中，我们走进了通天寨脚下的大畲村。

琴江镇大畲村坐落在地质公园脚下，面积27.6平方千米，以前这个村的农户散落在山上山下，交通不便，经济极端贫困。而眼前这个村却没有了以前的影子，水泥路四通八达，一排排新建的住房布局合理，设施齐备。在居民区中间我看到了几块公告牌，其中一块叫“琴江镇大畲村建档立卡贫困户名单公示”，还有一块叫“精准扶贫政策指南”，前一块牌子公示了全村105户贫困户的信息和帮扶单位帮扶干部的信息，第二块牌子上列举了产业扶贫、安居扶贫、就业扶贫、金融扶贫、教育扶贫、兜底保障扶贫和电力扶贫的具体政策和补助标准。下面的落款是县委办驻大畲村扶贫工作队。扶贫工作的确是深入到了每一个人和每一个角落。

不远处，地质公园通天寨主峰巍然耸立，花海温泉的出水口热气腾腾，而花海温泉度假庄园的巨大的规划效果图清晰可见。它们之间有些什么关联呢。原

来这里的地热也是在省国土资源厅和省地矿局局属单位的支持下发现并登记了矿权，一座地质公园加上一眼温泉，难怪那个度假庄园的规划做得大气而且大胆，村边还有一座保存完好的有着两百多年历史的客家围屋，大畲村的未来真的不可限量。

村支书张德兴是位淳朴的老者，他告诉我他已经当了二十几年支书了。我们在牛毛细雨里边走边聊。2010年前，也就是地质公园设立那年，这个村的26个村民小组还有7个不通电不通路，地质公园批了以后，政府重新规划了景区和周边地区，借助国家移民政策，集中建设改造了600多套住房，改善了2600多人的住房条件，而且在新的居民点开办了小学，村外还种了几百亩白莲，建起了游步栈桥，每到莲花开花时节，游客如云。村民人均收入更是从2010年的两千元增至2016年的八千多元。如今大畲村已经是县里的新农村示范点。

张支书满脸笑意地说："现在地质公园的游客越来越多了，我们村要多开几个农家乐，浙江客商要投资十个亿开发花海温泉度假庄园，将来这里的"农家乐"肯定会好，大部分村民都可以在景区和度假庄园找到事情做，日子会越来越红火的。"

老支书为党工作了二十多年，党的扶贫政策他是知道的，地质公园和温泉给这个村带来的翻天覆地的变化他最清楚，他对党的感激不是在口头上，而是表现在对这个村的未来的信心上。

雨下大了，我们走进一所民居，主人叫黄晓程，这是一个很有眼光的青年，他是2010年从县城搬回村的，他在村里建起了一栋300多平方米的三层楼房，还拉起了一个工程队。地质公园设立后，通天寨下面的休闲度假业一下就起来了，他这个小施工队一年也能接个两百万工程，平时有七八个人上班，忙的时候有上百人跟着干呢。小黄对我们说："我以前在县城是开诊所的，收入也还可以，之所以从县城搬回来，就是看到了这里的发展前景，地质公园设立后，景区周边规划建设得很快，发展势头很好。我们这里除了山不变，其他的都在发生变化。我们农民舍不得离开自己的家乡，离不开土地，以前搬出去也是因为太穷了，没法子。现如今，地质公园有了，温泉也有了，将来肯定会有更多人来，这么好的机遇我不会错过的。"他停顿了一下说："这真的要感谢国家的扶贫政策，特别是你们搞地质的啊！”

我们采访组在离石城地质公园游客服务中心不远处的一个“农家乐”门前停住了脚步。这是一座三层小楼，一看便知这是在政府指导下按规划建设的，门脸的装饰整齐划一，也是政府统一搞的，连在一起的几个农家乐门前留出了大片空地，这是留作停车场用的。主人姓黄，这会儿去县里买菜去了，老板娘一直在厨房忙着。隔壁的一位七十几岁的姓尹的老人得知我们的来意，打开了话匣子，他说这里七年前都是土坯房，当时真的饭都吃不饱，外面的亲戚都不敢来串门，因为听说这里有野兽出没。他边说便打开手机里他以前拍的一张老房子的照片，真的非常破旧。我很惊讶老人很熟练地使用手机，同时欣赏老人的用心，没有什么比这张照片更能说明这里的变化了，我也拍了一张他拿着手机打开老房子图片的照片。

说话的时候，这家的女儿回来了，时尚而且大方，她介绍说，她们家五口人，几年前，家里种点白莲和烟叶，生活还是很困难。后来，地质公园建起来了，家里看游人多了，就开了个小饭馆，父亲负责买菜，母亲负责后厨，她们三个子女负责招呼客人，他们做的“一鸭四菜”最受欢迎了。小黄说：“现在这里通了公路，到县城以前要四十几分钟，现在我自己开车只要十分钟，游客多了，我们家的生意也更好了，楼有了，车有了，还请了小姨来帮忙呢。”我还想再聊下去，这时来了一拨客人，小黄赶紧拿起菜单去招呼了。

采访中，石城的客家人都会热情地为我们泡他们自己炒制的茶，我从他们闲适的心情和举止里能读出他们对生活的满足。我想这也正是参加扶贫的同志们想看到的。扶贫的最终目的是提高百姓的生活水平并且确保不能返贫，要变输血为造血，要为赣南的老百姓创造一个属于他们自己的可持续的产业，石城国家地质公园就是送给石城百姓的一笔这样的财富和产业。

国土资源部中国地质调查局的扶贫工作，百姓满意，成效凸显。

扶贫工作者：能到这里参加扶贫，是一件特别光荣的事

国土资源部姜大明部长在2016年国土资源部定点扶贫会议上强调：“要用非

常之策，落实非常之举，把定点扶贫作为分内职责，扛在肩上，抓在手上，怀着对人民群众的真挚感情，扎实做好定点扶贫工作。”

也是在细雨之中，我们采访组来到了宁都县的翠微峰。翠微峰坐落在宁都县城西2.5千米处，是国家森林公园、4A级风景区，是典型的丹霞地貌。这是一座是集风景、文化、宗教于一体的历史名山。海拔300米以上的石峰就有94座，其中又以主峰翠微峰最为出名。听说峰南有一条裂隙，为登山唯一途径，游者必需像壁虎一样手脚并用方可爬得上去。1949年这里发生过一场有名的剿匪战，新中国成立第二年拍摄了当时脍炙人口的电影《翠岗红旗》，这里的红色文化跟丹霞赤壁一样色彩夺目。眼前的翠微峰显得格外的幽深雄峻。管委会负责人李新生把我们引进了他的简朴的办公室。

从他们提供的材料中我们得知，2012年就开始了实施翠微峰地质公园申报前期准备工作。2016年，宁都县以国土资源部重点支持宁都等四县脱贫攻坚为契机，正式启动了翠微峰地质公园申报工作，委托中国地质调查局地质环境监测院和江西地调院对园区进行综合科学考察，编制了综合科考报告和省级地质公园申报系列材料，相关基础性技术工作准备就绪，很快就具备了申报条件。

李新生介绍说，按照省级地质公园申报、审查、审批程序及有关要求，他们想请省国土资源厅受理申请和组织审查，批准设立翠微峰省级地质公园，并在项目资金上予以宁都县支持，用于开展翠微峰地质公园地质遗迹保护、宣传等建设工作，促进旅游经济的发展，助推群众早日实现脱贫致富。目前，在各方大力支持下，都进展顺利，他们想赶在国土资源部赣南扶贫三十周年之际拿到地质公园的牌子。

在翠微峰景区申报地质公园领导小组名单里，我看到了县委常委、副县长黄先栋的名字。李主任介绍，黄县长是国土资源部派来宁都挂职的，也是来定点扶贫的，黄县长的到来有力地推进了地质公园的申报工作。而像黄先栋这样的挂职扶贫干部，国土资源部中国地质调查局派了一批又一批。

国土资源部地勘司副司长宋全祥也是一位扶贫干部，他去赣州任挂职副市长时是国土资源部28年赣南扶贫派出的第175名干部，说起与赣南的缘分，他总结说是“三进苏区”，1991年扶贫工作了一年，2012年蹲点一个月，2014年挂职副市长，就是分管地矿、地质调查等工作。宋全祥同志说：“能到这里参加扶贫，是一件特别光荣的事。有同志说赣州是我的第二故乡，我说这里就是我的故乡。”

我给北京的一位在赣南挂过职的国土资源系统的同志打了电话，他说自己只是扶贫大军中的普通一员，一定不要写他的名字。他说：“三十年前，地矿部就向赣南派出了第一批人马，那时叫扶贫工作团，20世纪90年代，为加大扶贫力度，扶贫团改成了扶贫开发中心，常年保持10人左右在赣南工作。当年，我们接到去赣南挂职扶贫的通知的时候，每个人都是热血沸腾，我们都有一种使命感。来到赣南以后，我们看到当时的老百姓那么贫困，都恨不得把一天当两天来用，不少同志放弃了许多假期，还有同志在家人动手术时都没能陪在身边。”我问他回京后有没有回过赣南，他说：“虽然没有回过，但赣南同志的电话一个都没删，知道赣南的变化很大，我们又高兴又欣慰！”

地质调查局专家：工作中去的艰苦地方多了，已经没有艰苦的感觉了

为了加快申报进度，黄县长春节假期没有结束就回到了县里，组织协调申报工作。为了解决申报费用，中国地质调查局地质环境监测院专门准备了项目资金，要求江西省地调院负责技术支撑并组织实施。

李主任为我们列举了一长串为申报工作无私奉献者的名单，他说当初连想都没想到国土地质部门的人扶贫工作那么认真，没有他们就没有这个项目，更没有启动资金，景区的发展也就无从谈起。他告诉我，江西省地调院的尹国胜副院长2012年就来到了这里，他陪同尹院长翻山越岭，对翠微峰做了详细的科学考察。

在赣南的各个生态旅游、地质遗迹项目里，尹国胜有着很高的知名度，他作风严谨，吃苦耐劳，特别是为地质遗迹保护、地质公园申报所做的贡献得到了当地许多人的好评。

尹国胜从事地质工作三十多年，是教授级高工，足迹遍及江西山山水水，主持完成的三清山和龙虎山（龟峰）申报世界自然遗产的技术工作，为江西省成功摘取两项世界自然遗产地做出了重要贡献；是江西省地质遗迹资源保护利用和地

质公园、矿山公园建设领域的学术领头人。

就是这样一位高级专家，多年以来一直为赣南的地质遗迹和温泉地热调查在不懈努力。采访交谈中，尹院长为我介绍了江西地质公园的发展历程，如数家珍。他告诉我，起初地方同志对地质工作还不是很了解，对地质遗迹的保护开发以及潜在的经济价值也认识不足，他曾经为石城县四套班子举办了一次讲座，为他们讲述了旅游地质等新鲜的发展理念，提出了“把石头城变成温泉城”的发展思路。实践证明，石城主打地质公园牌发展生态旅游是走对了。

为了推进江西特别是赣南地质公园申报工作，江西地调院积极与中国地质调查局地质环境监测院沟通，为宁都翠微峰和兴国的地质公园调查争取到了项目资金。尹院长还回忆了去年七月在兴国等赣南山区，中国地质调查局地质环境监测院董颖主任一行和江西省国土厅、省地调院的同志们克服困难联合调查的感人事迹。他说：“那么酷热的天，一同考察的还有几位女同志，红层山地，要么没树，要么没路，可大家没人叫苦，没人掉队，圆满完成了科学调查，并且认为兴国拥有丰富的丹霞地质遗迹和人文景观资源，这对下步的申报开发打下了坚实的基础。”

我决定要联系到董颖主任，尽管我知道她很忙。董颖是中国地质环境监测院地质遗迹调查评估室主任、三级教授、教授级高工、全国重要地质遗迹调查项目负责人，牵头组织过全国许多地质遗迹调查和申报工作，曾经主持助推南雄市获得中国古生物化石保护基金会授予的“中国恐龙之乡”称号。董颖是国土资源部中国地质调查局赣南扶贫工作的忠实履行着。

电话那头，董主任语调平静地回顾了在赣南调查地质遗迹时的那些日子，兴国、宁都、翠微峰、通天岩这些地名她都是脱口而出，十几年前的扶贫工作都历历在目。正如熟悉董颖的人说的那样，她工作十分认真严谨，责任心极强，跟她一起的人常常很难跟上她的步伐，包括登山。当我问她在扶贫工作中有什么印象深刻的事情时，董颖的回答让我有些惊讶。她说：“我走的艰苦地方太多了，已经没什么艰苦的感觉了。要说比较难忘的事，还是去年夏天在宁都，翠微峰是森林公园，我们下到一条沟底，根本没有路，可是我们大家硬是没停下来，我们的衣服手臂都不断被野草划着，还划破了。在瑞金看一个点时，我觉得看过的地方没什么突出之处，大家都提出不要走了，前面完全没路了，当地的领路的人都觉得太难走而不愿前行了，我说咱不走回头路，就继续往前走，直到下午四点钟才吃上中午饭，后来在里面发现了很有特点的地质遗迹点和有价值的地质景观，我叫他们可以准备资料了。”

电话采访快结束时，董颖主任说有一个好消息告诉我，她给我发来了《赣南日报》微信平台的一个链接。“3月31日，中国古生物化石保护基金会在北京召开赣州市申报中国恐龙之乡评审会。评审会上专家一致认为，赣州符合中国化石之乡评审标准，同意授予‘中国恐龙之乡’称号。”

也是去年7月，董颖在赣南做地质遗迹调查时，凭借对赣南老区的真诚情义，凭借她在古生物化石调查方面丰富的工作经验，主动向赣州市政府发起了这个动议，从野外回来，董颖就拿出了赣州“中国恐龙之乡”申报书的初稿，并且立刻布置了申报的具体工作和时间节点，随后，董主任会同几方古生物专家再次去赣州实地调查，在中国地质科学院地质研究所的科学研究基础之上，跑遍了赣州所有的博物馆，对赣州恐龙化石恐龙蛋化石的种类数量进行了统计分析和研究。研究认为，大约7000万年前，由章贡区、赣县、于都、南康部分区域组成的约1400平方千米的赣州盆地是一个湖沼地区，适合爬行动物生活繁衍，大量出土的恐龙蛋化石证明赣南是恐龙在华南地区的一个主要聚集地。

短短9个月后的2017年3月31日，董颖她们就支撑助推赣州获得了“中国恐龙之乡”的称号。这无疑又是中国地质调查局为赣州的地质遗迹申报赢得的一个重要成果，为赣州的地质遗迹生态旅游业发展打出了一张新的名片、新的金字招牌。

采访过程中我翻阅有关资料，2017年2月6日，江西省赣南等原中央苏区振兴发展工作领导小组召开第六次会议，省委书记鹿心社主持会议并讲话，他说：“要紧紧抓住国家生态文明试验区建设的机遇，加强生态环境保护，大力发展绿色经济，创新生态文明建设机制，为打造美丽中国江西样板提供更多经验。要继续用好对口支援政策，狠抓政策落地，加强沟通对接，为苏区振兴发展注入源源不断的动力，不断巩固拓展对口支援。”

早在10年前，时任国土资源部副部长的鹿心社同志就曾来到赣南扶贫，他的这番话我们国土人和地矿人听得真真切切，也理解得最为透彻。

资料显示，石城国家地质公园的发展起到了很好的示范作用，以石城国家地质公园为龙头，未来，赣州市将整合全市18个县（市、区）丹霞与温泉资源申报世界级地质公园，为全市创建世界级旅游园区品牌打造世界级旅游“名片”，并根据世界地质公园标准进一步完善公园内各类保护设施和游览设施，同时串联好各景区，丰富内容，提升内涵，造就一个设施完善、环境优美、功能齐全、保护到位、开发适度，具有一流水准的世界地质公园。

地质遗迹的保护和开发、地质公园的建设作为生态文明建设的重要组成部分，这项工作是没有止境的，国土人地质人在赣南扶贫中所做的贡献已经记录在了赣南的大地之上，然而扶贫工作还在路上，这就又回到我们开始时引述的国土资源部中国地质调查局的那句承诺：“赣南老区不脱贫，我们扶贫绝不脱钩。”我们不能让一个贫困人口掉队，我们国土人地质人要让赣南的这片山山水水造福这里的世世代代。

我想，这是这次采写带给我的最深刻的感动、思考和鼓舞。

莽莽南岭深深情

张建华

绵亘起伏的南岭，巍峨壮丽，在岁月的长河里历经风雨。

燕山期，南岭地壳受到强力挤压，褶皱隆起让山脉逶迤，花岗岩侵入地壳，高温高压下形成矿物。于是，南岭的崇山峻岭形成丰富的矿产资源。古时就有开采矿石的记载，随着新中国的诞生，经历几代地质工作者的不懈探索，在南岭地区找到钨、锡、金、银、铜、稀土等国家急需的矿产资源。

这片红色的土地上，流传着许多可歌可泣的故事。

共和国没有忘记曾为革命付出巨大牺牲的赣南老区，国土资源部中国地质调查局以对老区人民的无限热忱，在矿业扶贫的征途上，竭尽全力，善作善成，谱写了一曲攻坚克难、精准扶贫的壮歌。

红土地上“锡”生辉

在中国革命的史册上，会昌，是一个红色的县城。当年，红军战士的鲜血浸染过这片土地，毛泽东的诗句“风景这边独好”，至今让革命老区受到惠顾。那是1934年的夏天，国民党重兵逼近苏区，根据地第五次反围剿面临失败的境地。正在会昌县城东门外的文武坝参加粤赣省委扩大会议的毛泽东登上会昌山，看着眼前的绵水随山流转，绕会昌城弯出一个大大的问号，想起形势紧迫的危城，身处逆境而心系天下的伟人顿生感慨，挥毫写下脍炙人口的《清平乐·会昌》：

东方欲晓，
莫道君行早。

踏遍青山人未老，
风景这边独好。
会昌城外高峰，
颠连直接东溟。
战士指看南粤，
更加郁郁葱葱。

会昌进入地矿人的视线，不仅是因为它丰富的矿产资源蕴藏，更是因为它是国家扶贫开发重点县、罗霄山区集中连片特困地区县。

打开地图，寻找会昌岩背锡矿矿区所在的位置，你会发现：毗邻广东、福建，位于武夷山脉与南岭山脉的交汇处和会昌、安远、寻乌三县交界处，可见其地理位置的特殊。

3月的赣南，春雨蒙蒙。沿着弯弯曲曲的盘山公路螺旋上行，车窗前十米开外的山路笼罩在浓雾之中。道路的一边是陡峭的崖壁，另一边则是堆满石料的山头。攀上山项，云开雾散，一幅撼人心魄的景观展现在眼前——岩背锡矿的露天采场，就像是巨大的天坑，俯瞰非常壮观：整个大山几乎被掏空，岩层剥离的景象像梯田，一层层、一圈圈，底部一览无余，抓斗高举的挖掘机和载满矿石的翻斗车，像是儿童手中遥控的玩具，缓缓徐行。

据说，这座矿山已有30年开采历史，当时探明的储量：锡约11000吨，伴生银有100多吨，被誉为斑岩型大型锡矿。

为岩背锡矿的勘探，江西地矿人可谓立下不朽功勋，写下辉煌一页。

想当年，风华正茂的唐维新，刚从成都地质学院毕业不久就来到了岩背。作为江西省地质科学研究所钨矿研究室的年轻骨干，从1985年到1997年，一干就是12年，与岩背结下了不解之缘。

那时，到矿区要走很远的山路，在荆棘丛生的密林中穿行很容易迷路，尤其是碰到下雨，罗盘也不管用，往往转着转着又回到原地。通公路的地方是物探队707分队的驻地。据说，这条公路是广东人为到山里运枕木而修建的。

那时条件很艰苦。三天到�门岭赶个集，走的是山路，买回肥肉居多的“一刀砍”，白生生的肥肉炖豆腐。自己搭的木板房，靠一台隆隆作响的柴油发电机供电，晚上十点停机，要整资料得点上煤油灯。

1981年，物化探队701分队在赣南地区化探扫面，在锡坑迳地区圈出锡异常区。原地矿部立项为“江西省会昌县岩背矿区锡矿普查”。一开始矿体产状不清楚，矿体的埋藏深度和延深情况不明。由909大队负责钻探施工，在东西向各打了一个300多米深的钻孔，结果全部落空。当时的江西省地质科学研究所吴永乐所长、李崇佑总工程师、朱焱龄分队长等，集思广益，再深入探讨研究，最后决定在露头上打一个钻孔，一打就是80多米厚的矿体，拉开200米距离再打一个钻孔，又见到了100多米厚的矿体，而且品位很高，这让大家振奋不已。原来，落空的两个孔都打在了矿体的边缘。

当时，江西省地质科学研究所有一个中英合作的科研项目，英国人辛普森随项目组来到矿区考察，看到如此罕见的重大发现，惊叹不已，问我们的队员：

“找到这么大的矿，你们可以拿到多少钱？”

“我们有工资啊。”

队员的回答令辛普森百思不解，他啧啧地感叹道：“我们要是找到了这样的矿，每个人至少要拿到5万英磅。”

为了支援老区，国土资源部把岩背锡矿作为重点扶贫项目，将多年积累的所有地质勘查资料无偿移交给赣州市进行开发，并继续投入资金开展详细勘探，这是赣南地区实现边探边采的最早案例，也是矿业扶贫的重要标志。

如今，已是江西省地矿局地质矿产处处长的唐维新，依然清楚地记得，详查报告印了13份，局里、所里各留了2份，其余全给了会昌县。之后，岩背锡矿成了会昌县最赚钱的企业，所产生的经济效益和社会效益，惠及那里的父老乡亲。

盘古嶂峰峦叠翠，清溪河流淌不息。

清溪乡密坑村，是个边远的小山村，村子很分散，淹没在莽莽苍苍的密林之中，少与外界联系。自从地质队在这里发现了锡矿，村里发生了天翻地覆的变化。曾经，村民们守着祖辈靠山吃山的传统手艺，加工木勺、扁担、锄把，割松脂，去到山下14千米远的筠门岭镇，换回油盐酱醋等生活必需品；今天，每家每户都有人到矿里做工，50多户的村子，就有40多辆私家车，90%的人去县城里买了房，剩下的在筠门岭镇买了房。村里出现了一个与别村不同的奇怪现象，人家留守的是老人孩子，而这个村的老人孩子都进了城，孩子去城里读书，老人作陪，原来矿上的一所小学，由于没有了生源，后来也停办了。

如果不是亲眼所见，很难相信这就是金龙锡业总部——小桥流水，亭台楼廓掩映在葱郁的翠柏之中，空气清新。总经理是位性格爽朗的江苏人，听上去有很浓的江浙口音。

唐总泡上功夫茶，一边斟茶品茗，一边侃侃而谈：当初，由于电力、资金等原因，年产值不足千万元，地质专家帮忙论证采选工艺和矿山规模，产量才有了大大提高。自1988年试产至今，每年开采约1700吨，已成为我国第三大锡矿。矿山最红火的时候，拉矿的卡车就有120多部，挖掘机10多部，工人500多人。

1999年，当地军旅企业家谢祚珍与广东客商吴龙彬共同出资1999万元，买下会昌锡矿，成立了江西会昌金龙锡业有限公司，近十年共缴纳税收7亿多元，拉动了地方经济发展，吴龙彬个人出资300多万元，捐建了远近闻名的筠门岭小山中学。

唐总说，矿上附近的村民都富了，征用土地首先解决就业，给每位员工办理五险一金，投入500余万元改善员工的居住条件和生活环境，建设卡拉OK等文化娱乐设施。目前，该矿锡金属保有储量约3万余吨，尾矿还有1万吨左右，潜在经济价值40多亿元，为延续矿山服务年限，正启动接替资源勘查工作和尾矿二次回收项目。

像会昌岩背锡矿这样的“扶贫矿山”还可以数出一串：会昌九二盐矿、于都银矿、兴国留龙金矿、会昌筠门岭萤石矿、上犹焦里白银铅锌矿……

的确，从1987年第一届扶贫团开始，国土资源部中国地质调查局就将矿业开发扶贫作为突破口，开展了贵金属、有色金属和以萤石为主的非金属普查找矿工作，前后完成227项具有地勘行业特色的扶贫项目，无偿向地方提交矿产地地质勘查资料112处，探明的矿产资源潜在价值达4000多亿元。其中，在崇义—大余—上犹地区、会昌—安远—寻乌地区和龙南—全南—定南地区的重要矿集区，开展1：20万区域地球化学调查和1：5万矿产地质调查，圈定找矿异常，发现矿产地，帮助地方建矿。

真是大手笔！如此大投入的基础性公益性地球化学调查和矿产地质调查，为国土资源部赣南扶贫奠定了坚实的基础。

盘古樟若有记忆，一定不会忘记，当年人人向往的中央苏区如今靠岩背锡矿缔造的传奇变富了；清溪河无论流多远，一定不愿割舍，乡亲们对探矿人的深挚情谊！

春风又绿“铁山垅”

铁山垅，一个响亮的地名，因为钨矿让此地成为一个镇。

离镇不远的地方，就是当年红军挖钨砂的露天采场。采场面前的山峰已被削去大半，对面是一片低矮的泥砖青瓦房，因年代久远，风雨侵蚀，大多已破烂不堪，残垣断壁随处可见。唯有一栋砖瓦结构的新房伫立在这片荒舍之间，显得格外醒目。

沿着泥泞的小路，走近这座建筑，发现正门墙面上挂着一牌匾，上面写着“中华钨矿公司旧址”。据说，这是百年钨业庆典时，县里拨专款在原址上修建的。史料记载，1931年年初，铁山垅钨矿成立，一年后，红军在此基础上成立了“中华钨矿公司”。

站在“中华钨矿公司”的原址上极目远眺，烟雨朦胧中，对面的群山袒露着褐色的胸膛，似乎在诉说着那一段不寻常的历史。可以想见，当年那是一片沸腾的山峦，军民组成挖矿运矿的队伍，穿过国民党严密的层层封锁线，用钨砂换来红军急需的布匹、药材、粮食和弹药等物资，让革命的队伍得以生存与壮大。

在这片旧居中，有一座特别的建筑，那是当年的红军医院。小院房屋虽旧，但柳枝吐绿，红梅绽放，还有一只尾巴长长、漂亮的红嘴山雀在枝头啼唱，一片春意盎然的景象。据史料记载，“中华钨矿公司”开采的钨砂经赣县江口和福建新泉外贸分局，与广东军陈济棠和国民革命军第十九路军“贸易”，从1932年到1934年10月红军长征前，生产钨砂4198吨，当时，按每吨600块大洋的价格算，折合251.88万块大洋，这个收入对缓解苏维埃政府的财政压力，抵抗国民党对苏区的围剿和经济封锁起到了重要作用。

追溯铁山垅承载红色基因的历史，我们更想探寻今天的她如何焕发青春。

“项目的名称叫‘上坪矿区难采矿资源回收示范项目’。”精神矍铄的刘洪禄，谈起铁山垅特别来劲，一点也不像退休之人，一边讲述，还一边画示意图。

“原先，国民党时期民窿采矿时，就像打老鼠洞一样，采富弃贫，巷道挖成了‘Z’字形。如今采用的是‘开天窗’的方法，前提是矿的上部没有民房和设施，允许陷落。先是恢复原有的窿道，在外部打一个巷道，与原窿道相通，慢慢往上掏，靠矿的自重把矿挤出来，叫诱导式出矿，掏不动的时候，装炸药侧崩一下，孔也就越掏越大。矿是破碎的，当天窗打开，释放应力，就达到了控制矿区地压、为下部机械化开采创造条件的效果。在难采矿资源示范项目建设中，采用这种强制崩落围岩与诱导式出矿相结合的技术，取得了很好效果，受到国土资源部中国地质调查局专家的好评。”

老工程师记忆力很好，津津乐道，语气里透着一种自豪。

2013年10月27日，矿产资源综合利用示范基地建设合作（共建）协议签字仪式在北京举行，共建时间为2011—2015年，财政部、国土资源部计划投入资金4.5亿元。到2015年赣南示范基地钨矿开采和综合利用规模将达到280万吨，盘活钨资源金属量10万吨，开采回采率达到93%以上，选矿回收率达到85%，为赣南矿业扶贫谱写新篇章。

铁山垅是“江西赣南钨矿资源综合利用示范基地”之一。其中，实施的“上坪矿区难采矿资源回收示范项目”，每年可采矿12万吨，自2011年，总共采了80多万吨，盘活难采矿资源矿石量842万吨，钨金属量1.82万吨，伴生金属610吨，难采矿回采率达92.8%，潜在经济价值18亿元。

赣南无愧于“世界钨都”的美誉。资料显示，赣州的黑钨矿资源保有储量占中国的30%左右，其销售收入占全国钨工业销售收入的35%。

一方大坝横跨两山之间，投入上千万元建设的黄沙选厂尾砂库，气势磅礴、雄伟壮观。这是矿山环境治理的经典之作，又是储备资源的宏伟工程。

不一会儿，随山势而建的选矿厂便展现眼前，有着蓝色屋顶的厂房，层层叠叠，直至山顶。耳旁一直回荡着机器吞噬矿石的声响，问选矿厂温厂长是否习惯，他大着嗓门骄傲地说：“早就习惯了，不听这声音还睡不着觉呢！不知为何，一旦矿山静下来，心里就会发慌。”

自1990年8月从南昌有色金属工业学校选矿系毕业，温小毛就被分配到铁山垅钨矿工作。27年来，从没离开过选矿生产技术管理岗位，从技术员到厂长，表彰先进的光荣榜上总能看见他的名字。“劳动模范”是对敬业者最好的嘉奖。

铁山垅黄沙、上坪两个矿区，已有近百年的开采历史。黄沙矿区发现于1921年，目前剩余服务年限仅为4年，属于严重资源危机矿山，上坪矿区的剩余服务年限也只有18年。面对资源枯竭的问题，国土资源部中国地质调查局非常重视，开展了新一轮危机矿山资源潜力评价。牛角窝矿区资源勘查项目，是铁山垅钨业的接替资源勘查项目，江西有色地质勘查二队打了8个钻孔，查清了牛角窝矿区矿体规模、产状、品位及延长、延深等变化情况，为矿山提供资源储备基地。据估算，铁山垅周边还有1万吨左右的钨资源量。

听说接替项目正是当年红军采钨砂的地方，想必那片沉寂百年的矿山又将热火起来。昨天，它给予艰难困苦之中的红军巨大帮助；今天，它又将给脱贫攻坚的革命老区以经济支撑，不能不让人对这座百年矿山肃然起敬。

让这些老矿山焕发青春、持续发力，变资源优势为经济优势的，正是国土资源部中国地质调查局的责任担当和神圣使命！

西华山是我国发现最早、开采最先、历史最久的钨矿山，一直被誉为中国钨业的开山鼻祖。1907年，德国传教士邬利亨到西华山游览，发现几块乌黑发亮的石块，他好奇地带回德国化验，才知这难熔的“重石”就是钨矿石。从此，西华山便开始采挖钨砂，由此揭开了中国钨矿的开采历史。

经过上百年的开采，西华山资源几近枯竭，矿山岌岌可危，已处于停产边缘。

2007年至2009年，国土资源部中国地质调查局在西华山开展危机矿山接替资源找矿项目，延长了3年的服务年限。

2012年以来，中央财政安排矿产资源调查评价项目及地勘基金项目14个，资金7178万元；接替资源勘查项目5个，资金6899万元；资源补偿费勘查项目5个，资金1504.6万元。这些部署确立了钨、稀土产业发展的优势地位。在符合矿产资源规划和不突破开采总量指标的前提下，支持对稀土、钨残矿、尾矿和重点建设项目压覆稀土资源进行回收利用；对因资源枯竭而注销的稀土、钨采矿权，允许通过探矿权转采矿权或安排其他资源地实行接续。

国土资源部中国地质调查局通过实施钨矿调查评价及老矿山深部和外围找矿项目，为赣州市新增了3万吨以上的接续资源。枯木逢春，旱苗得雨。一座座老矿山迎来了它们的第二春：盘古山钨矿、画眉坳钨矿、会昌岩背锡矿等发展得如火如荼。

情注银坑深千丈

九连山绵延起伏，贡水昼夜流淌。

银坑，以产银得名。据《赣州府志》记载，宋徽宗政和四年（1114年）在柳木坑炼银，故称银坑。据《于都县志》记载：银坑，扼于都、兴国、宁都三县之冲，宋高宗绍兴三年（1133年）岳飞曾奉命到此，创建了平间寨巡检司。明孝宗弘治九年（1496年）始建银坑隘和营盘。清圣祖康熙十八年（1679年），在银坑真君围设兴仁汛署。土地革命战争期间，胜利县驻银坑，毛泽东、朱德、陈毅等曾多次到此视察。县内金属矿主要有：钨、锡、钼、铋，主要分布在南部祁禄山—盘古山东西向成矿带和北部银坑—岩前北东向成矿带。

2011年6月25日，在赣南温馨的扶贫记忆里，创纪录的一页被掀开——

孔深3000米的南岭于都银坑科学钻探开钻。这是国土资源部“深部探测技术与实验研究专项”在南岭重要成矿带组织实施的第一口资源科学钻探井，也是在全国范围内施工的7口2000～3000米钻探预导孔之一。陈毓川院士领衔的科研团队做后盾，实力雄厚的勘探队伍加盟，近3000万元国家科技专项资金支持，南岭科钻一开钻便令人瞩目。

南方的雨下起来绵绵不绝，透着那么一股子倔劲，似乎不浸透这莽莽群山，不肯罢休。

2012年1月14日，对于曾载淋来说，是一个让他难以忘怀的日子！

这天，蒙蒙细雨，寒气袭人，离中国的传统节日——春节不到10天。下午，时任国土资源部部长、党组书记、国家土地总督察徐绍史来了，时任国土资源部副部长张少农来了，省市领导来了，厅局领导也来了！群山环抱的牛形坝，顿时显得神采奕奕。徐部长一下车，就快步上前，与大家一一握手，致意问候。部长的平易近人，让一线的地质队员心生暖意。钻井平台上，曾载淋向徐部长介绍了科钻的实施情况。徐部长饶有兴致地听着，脸上露出满意的微笑，从曾载淋手中接过取自地下1100米处的岩心，仔细打量。他勉励大家，要重视第二空间找矿，力争找矿取得新突破。

为什么会把科钻放在于都银坑，博士毕业论文选题为银坑的曾载淋，说起来头头是道：

一是于都—赣县矿集区，处于南岭和武夷山两个成矿带交汇部位，两个成矿带之间是一种什么关系摸不清。二是在钨的背景下，产出丰富的银铅锌金矿，值得探索研究。三是银坑—青塘地区区域性推覆构造发育，它对成岩成矿有什么控制作用。四是银坑一直是大家重点关注的重要找矿远景区，没有实现大的找矿突破，是不是没到位，需要深部揭露。

这位江西省地矿局赣南地质调查大队的总工程师不无遗憾地说："要是能再深一点就更好了，把深部的成矿岩体打出来，因为热蚀变的现象已经很强了，应该离岩体不远了。"

处于武夷山脉、南岭山脉与罗霄山脉的交汇地带的赣南，山高林密，一年四季分明，光照充足，冷暖变化显著。亚热带季风性湿润气候，赋予它水系植被特别发育，但对地质人来说，找矿路却多了几分艰辛。

8月的赣南，烈日如火。矿区附近有个老窿，为了收集更多的找矿线索，由李志强、赖志坚、庄贤贵、刘翠辉等技术骨干组成的项目组，决定进窿探寻。窿口被茂密的荆丛遮蔽，扒开带刺藤蔓，往里一望，黑洞洞如兽般的大口对闯入者张了开来，不知里面什么情况，他们拧亮矿灯，小心翼翼地摸索着前行，里面阴森潮冷，越往里走窿道越狭窄，几乎是贴着洞壁、弯腰侧身才能钻进去，就这样前行了80多米，前面的窿道小得无法再通过了，不得已，他们只好遗憾地原路返回。

密林中潜藏危险：蛇，是最可怕的攻击者。这不，罗平"躺着中枪"，被剧毒的银环蛇狠狠地咬了一口，伤口顷刻黑紫，送医院急救，打了血清，一直不见好。最后，有位单位职工拿来祖传密方，才得以痊愈。

银坑找矿一波三折。有人形象地比喻，说它是典型的“鸡窝状”矿体，钻到“鸡窝”，矿富得要命，找不到“鸡窝”，贫得让人跺脚。1998年前，赣南地质调查大队一直在银坑勘查，发现了柳木坑银矿、老虎头铅锌矿，始终认为与预期还有较大差距。新一轮国土资源大调查带来转机，基础性地质调查工作把“家底”摸清了，让找矿有了“准星”。于都银坑—宁都青塘地区多金属矿整装勘查区，国土资源部中国地质调查局累计支持勘查项目资金已达600万元，已有工作针对制约找矿突破的关键性问题进行了探索，基本摸清了区内的地质特征与成矿环境，并建立了多金属矿集区的“三位一体”成矿模式，圈出了下一步找矿的重点靶区，指出了矿山勘查的重点部位与方向。让探矿者在认识上又向前迈了一大步，在矿业开发上，让企业更有信心。

至今，刘翠辉副总工依然清楚地记得发现矿体的喜悦：“原以为矿脉是南北向的，探来探去还是没矿。矿脉会不会是东西走向呢？通过实际作图，再反复分析研究，真的这么神奇，其实就是一排炮，靠近坑道边，两三米厚的块状矿体展现眼前，正好打到了富矿，大家欣喜若狂，最后延脉了200多米。2005年交出勘查报告，成为润鹏矿业的王牌矿脉——11号脉。”

2014年5月18日，国土资源部中国地质调查局重量级的“科技列车”载着陈毓川院士率领的30多位专家教授驶进银坑，共同把脉会诊。专家们认为：勘查区内成矿地质条件优越，目前区内已提交一个中型金矿、一个中型银矿、一个中型铅锌矿、一个大型滑石矿，地质找矿和成矿理论研究工作均取得了重要的阶段性成果，根据现有工作程度控制，完全有望实现3~4处大中型金银铅锌铜矿产地、2~3处可供开发的大型矿产地的预期目标，为赣南多金属矿区地质找矿发挥重要的指导和引领作用。

“科技列车”满载智慧和深情，灌溉出南岭金银铅锌铜的璀璨矿花！

这边风景映山红

2007年11月8日，静静流淌的章江与贡江，也激动地彻夜难眠。

“中国钨业百年庆典”，赣州有幸迎来属于这个城市的重大节日，可谓荣耀之至。庆典仪式结束后，代表们走进章源钨业。这是一家上市公司，有自己的博士后工作站和钨业研究所，有中国科学院院士加盟的科研团队，有硬质合金涂层刀具方面的外国专家，有针对下岗工人、贫困家庭子女的“特招”政策。众人无不被其现代化生产线和标准化管理所折服。

赣南，流传着许多矿业大亨创办民营企业的传奇故事。其中，有一个是关于章源钨业董事长黄泽兰的。

起先，黄泽兰做的是木材生意，交易中发现自己一车木材抵不上人家一袋钨砂，不禁动起了开矿的念头，那一年他29岁。

东拼西凑了5000元，黄泽兰开起矿窿，白手起家，掘得“第一桶金”。慢慢地，他总结出一套矿山开采和管理经验，生意越做越大。1994年，他拍板买下了由赣南地质调查大队勘查的淘锡坑钨矿。黄泽兰意识到管理现代企业必须有充足的知识储备，为此，他报了个北京某大学的企业总裁研修班，并聘请授课老师来公司任职。2000年，被誉为“钨企新秀”的章源钨制品有限公司宣告成立，成为集钨采矿、选矿、冶炼、制粉、硬质合金和深加工、贸易为一体的民营企业。2010年，黄泽兰以100亿元财富名列胡润富豪榜第24位，成为江西首富。2016年，受国际经济下行、矿产品价格持续低迷等因素影响，他的财富缩水33%，但仍以80亿元财富名列胡润富豪榜第438位，居江西富豪榜前10。

还有，像江西润鹏矿业、江西朝盛实业、兴国中萤矿业、会昌县石磊矿业等民企如雨后春笋，在赣南红土地上迅速茁壮成长，推动了县域经济的发展。“公益先行、商业跟进、基金衔接、整装勘查、快速突破”的地质找矿新机制，在赣南得到了很好的诠释和体现。据不完全统计，近30年，国土资源部中国地质调查局提交571处矿产地，催生1525个矿山企业，采矿业总产值320多亿元，矿业延伸产业总产值1333亿元，矿业从业人员近14万人。

走进选矿车间，嗡嗡作响的机器轰鸣不绝于耳，缓缓上行的传送带载着大小不一、满是泥水的矿石。沿着狭窄的人行通道，一路寻去，选厂第一项重要环节呈现眼前，十多条传送带把洗尽尘泥的石头送到工人们的身边，灯下，熟练的工人凭经验，必须快速准确地挑出品位不高的废石，这项工作不仅需要眼力还要有耐心。

从上往下走，那些经过筛选的矿石已被破碎成粉，此时在机械往复的摇床上被水分离沉淀，就像大浪淘沙，轻的自然淘汰，重的矿物质则被提取。再往下，就是通过化学的方法，从多种金属中分别提取出铜、银等。

“当今的高科技产品，如航空喷气发动机、火箭、导弹、卫星的许多部件都是用钨的耐高温合金制成的。钨，很奇妙，无论哪种金属加入那么一点钨，就能变得坚硬，坚不可摧。”对钨的诠释若是上升到另一个层面，便富有人生哲理：你的品格里加入一点“钨”，自然会变得有硬度、有光彩。

有硬度、有光彩的人生典范，赣鄱大地不胜枚举——

翻开1984年12月2日的《人民日报》，题为《江西“二李”》的文章介绍了全国钨矿地质界的专家李忆斗和李崇佑，他们的事迹十分感人。李忆斗30多年如一日，像是紧了弦的钟，不停地工作，他研究黑钨矿的铁锰成分与生成条件，突破了中外的传统理论；李崇佑的几十篇论文引起国内外学者重视，不少专著由联合国开发中心用英文出版精装本向全世界发行。

稀土有工业“黄金”之称，是重要的战略资源，我国稀土资源总量的98%分布在内蒙古、江西、广东、四川、山东等地区。赣南宁都葛藤嘴，一夜之间名扬天下，2015年6月5日，这里举行了一场别开生面的新闻通报会，会场就在一座山上，赣南地质调查大队首次发现了浅变质岩风化壳中的离子型稀土矿，矿床规模达中型。

这是一个重大发现！拓宽了该类型稀土矿的找矿领域，为寻找同类型矿床提供了有益启迪，也为稀土产业提供了新的资源。

你可知道，地质队员所付出的艰辛！

一栋简陋的民房，是项目组营地。每天，队员们带好饮用水、干粮，背着“赣南钻”到处跑。“赣南钻”就是人力冲击取样钻，最深钻进40余米，每一米需取两个矿样，平均一天完成5个钻孔，再将重达100千克的矿样挑到公路边，一干就是两年……

赣南地质调查大队实施的“赣州市稀土资源远景评价项目”，摸清了11个国家稀土规划矿区资源家底，共圈出远景靶区22个，对13个县（市、区）进行1：5万稀土矿专项地质调查，初步圈出单个面积大于3平方千米的母岩风化壳总面积

2907平方千米，稀土找矿靶区31处。

此外，给予赣州钨、稀土、氟化工产业支持，给予稀土、钨、萤石矿业权的设置政策和开采总量指标倾斜。2015年，赣州市钨矿开采总量控制指标占全国的27.7%，稀土矿开采总量控制指标占全国中重稀土的50.2%。

为"稀土王国"守住家底，拓展新的空间，国土资源部中国地质调查局责无旁贷，使命光荣！

阳春三月，驰骋在春回大地的赣南，田野里油菜花黄灿灿一片，山坡上杜鹃花开得正艳，耳畔响起优美动听的车载音乐《映山红》，仿佛又回到那个红色的革命年代——

夜半三更哟盼天明
寒冬腊月哟盼春风
若要盼得哟红军来
岭上开遍哟映山红
……

涌　流

——中国地质调查局地热开发提升赣南经济建设发展纪实

李　曼

一

2017年3月，受中国国土资源作协委派，我与江西省5位作家一道赴赣南老区，深入了解国土资源部中国地质调查局在赣南精准扶贫情况。

三月里的小雨夹着丝丝寒意，然而，在赣州山水宾馆，透过昏黄的灯光，我却从中国地质调查局的《支撑服务赣南苏区脱贫攻坚地质调查报告》中感受到了阵阵暖意："地热资源调查探明可供开发利用的地热资源7处，有力支撑清洁能源开发利用，为'中国温泉之乡'提供了资源保障，有望带动近5万贫困人口脱贫。"

二

脱贫，精准脱贫。从中共中央、国务院、国土资源部、中国地质调查局、江西省人民政府，到江西省国土资源厅、江西省地矿局、赣州市人民政府，到赣南18个县市，一份份政策、一个个项目、一件件任务、一笔笔资金、一项项成果，顺民意、暖民心、惠民生：

2007年，中国地质调查局浅层地温能研究与推广中心成立，逐步探索出一条行之有效地浅层地温能应用推广之路；2008年，国土资源部《关于大力推进浅层地热能开发利用的通知》下发之后，中国地质调查局加大了对赣南红色苏区的精准扶贫力度。

2012年，国土资源部、发改委、科技部、财政部出台《找矿突破战略行动纲要》(2011—2020年)，明确指出，要统筹矿产资源勘查开发和生态环境保护。

2013年7月，江西省委首次提出“发展升级、小康提速、绿色崛起、实干兴赣”的十六字方针，“绿色崛起”上升为发展战略。江西的十六字方针，得到了习近平总书记的充分肯定，他对江西发展提出的“一个希望、三个着力”，为江西绿色崛起指明方向。

“我们要借省委‘绿色崛起’的大好契机，重点开发地热资源！否则，不搞地热就损失一大块。”时任江西省国土资源厅厅长的胡宪，拨通了地勘处基金中心主任王先广的电话：“老王，走！我们到省里去找找朱虹副省长，把我们的想法跟省里说说。”朱虹听了胡宪的汇报之后，高兴地说：“好！好！好！地热开发正契合省里‘绿色崛起’的要求，你们要制订规划，周密部署。”有了省委的支持，回到厅里，胡宪立即责成有关部门制订了“十二五”期间全省地热开发规划。

江西省国土资源厅关于地热开发的规划，既符合江西省委的要求，也契合了国土资源部中国地质调查局地热产业发展的思路。

2016年，是中国地热大发展的“起步年”，我国首部地热产业发展规划《国家“十三五”地热能发展规划》编制出台。于是，多场高级别地热会议、论坛相继召开。“我国地热资源已迎来全面开发利用、创新发展的有利时机”这一观点成为业内共识。

这年春节前夕，国土资源部部长、党组书记、国家土地总督察姜大明和部党组成员、副部长、国家土地副总督察张德霖来到江西赣南革命老区，详细调研了定点扶贫工作。姜大明要求，国土资源部门要准确把握中央关于脱贫攻坚和定点扶贫的部署要求，以更大的决心、更强的力度、更精准的举措，扎实做好赣县、于都、兴国、宁都的定点扶贫工作。要用非常之策落实非常之举，全力助推赣南四县如期脱贫。

2017年1月，国土资源部党组成员、副部长凌月明在赣南调研时强调：要深刻把握好中央关于扶贫开发的重要指示精神，全面贯彻落实扶贫开发工作的部署和要求，用足用活用好国土扶贫政策，助力定点扶贫地区如期脱贫。2月，中国地质调查局党组副书记、副局长王研通过调研，亲自对《支撑服务赣南苏区脱贫攻坚地质调查报告》进行了修改。姜大明部长看过报告之后说："好！就按这个方案来做。"

三

赣州，又称赣南，地处江西南部、赣江上游，原中央苏区的主体和核心区域，是江西省地热水资源最丰富地区。据不完全统计，赣州市已发现的地热区65处（温泉49处，钻孔揭露16处），占江西省地热的50.4%。

这些令人眼前一亮的资料，更坚定了中国地质调查局和江西地质人为赣南精准扶贫的信心。江西省国土厅和江西省地矿局专门组织全省顶级地质专家李福良、吴健康、廖瑞金、巢志众、马振兴等赴赣南调研，这几位专家当时年龄均在50岁以上，积累了丰富的成矿理论分析及预测经验。为了获取最详实、最准确的地质资料，他们不知从南昌到赣南跑了多少次。

经过反复论证，专家们有了清晰的思路：第一，就热找热，增温扩量。就是在已知温泉点或控热构造的延伸方向部署地热勘查工作；第二，重点投入，示范引领。就是在当地政府的要求下，根据地热水的赋存条件、找热前景，集中投入勘查资金，实现找热快速突破，在服务精准扶贫中起到引领示范作用；第三，城市地热，积极探索。赣州市位于晚白垩世红色断陷盆地，地表未见温泉出露，但地热开发意义重大。

据资料显示，被誉为"中国白莲之乡"、"中国烟叶之乡"、"中国灯彩之乡"的石城县，处于河源—部武深大断裂带，40度以上的温泉出露点占赣州市的三分之一，地热资源储量多、分布广、地热地质条件好。石城成为中国地质调查局、江西省地勘基金为赣南精准扶贫、寻找地热的重点。石城县委县政府更是审时度势，"中国最佳温泉度假旅游城市"的荣誉称号，加速推进了石城县以旅游为主的现代服务业的发展。

地质工作聚焦地方经济，地方政府服务当地百姓。共同的目标汇聚成了一股强大的力量。

记得20世纪80年代中期，电视剧《木鱼石的传说》中的主题歌《一个美丽的传说》曾在大江南北广为流传："有一个美丽的传说，精美的石头会唱歌。它能给勇敢者以智慧，也能给勤奋者以收获。只要你懂得它的珍贵，山高那个路远也能获得。"电视剧发生的故事虽然不在石城，歌曲唱的也不是石城人。然而，歌曲唱出了一种执着和顽强，唱出了一份对事业的热爱之情。今日的地质人用的是"权为民所用，利为民所谋，情为民所系"一片赤诚之心，在为"石泉石美"实诚的石城人谋福祉，他们要让喷涌而出的温泉来说话。

四

祝爱明，架着一副眼镜，斯斯文文，南昌湾里人，1983年出生，昆明理工大学矿产普查与勘探研究生毕业。到江地集团工作后，祝爱明被安排至地勘院工作。尽管上大学之前，祝爱明对地质工作一无所知，每次去南昌站坐火车路过老福山，都不知那是省地矿局所在地，但从小放过牛、种过地的他，跟随导师在云南野外实习之后，渐渐爱上了这份工作。2010年，江地集团组建地环院，组织上根据祝爱明的现实表现，让他出任地环院院长。这一年，一直做着固矿勘查工作、还不是项目负责的祝爱明27岁，一上任接的第一个项目就是地热勘查。新组建的地环院平均年龄28岁，野外工作经验不足，但中国地质调查局、江西省国土资源厅、江西省地矿局以及石城县政府对这支年轻的队伍，给予了厚望。祝爱明肩上的担子不轻啊！

大畲村境内有国家4A级景区通天寨，素有"石怪、洞幽、泉美、茶香、佛盛"之美誉，距石城县城东南6千米，地理位置好，北有客家风情南庐屋，又有"中国最美莲乡"的田园风光，在这里开发地热资源，无疑对提升石城县生态旅游，有举足轻重的作用，也是地热开发的重点。但是，经过一段时间的勘查论证，并没有发现露头，是找矿盲区。这样一来，找矿难度大，也加大了找矿风险。怎么办？是放弃，还是继续？举棋不定的祝爱明将勘查情况与石城县矿管局长邓扬俊进行了沟通，并向省国土厅汇报，厅里立即组织相关人员召开会议，李福良、马振兴、王先广等专家认为，要集中精力，重新分析大畲村的地质条件，分析清楚了，再布孔。他们认为，地热开发一旦在通天寨有突破，那么比在其他地方找到10个温泉都有价值。

“小祝，相信你！大胆干！有什么困难，我们帮你们解决。”

每个人在成长的过程中，都渴望遇到贵人。这一次，年轻的祝爱明和他带领的年轻队伍遇到了！

五

石城县，琴山镇，大畲村。

水瘦山寒，凋敝的荷叶在暖阳中显得寂寥而无奈，空旷的祠堂在春风似剪刀的二月宁静而肃穆，村里看不到几个行人。

“这么冷的天气，村民会来开会吗？”

“难说……”

“等等吧，我们要相信老百姓。即使只来了三五个人，今天这个动员大会也要按时开！要让老百姓了解地热开发，会让他们的生活发生翻天覆地的变化，使他们支持我们地质勘查工作。”72岁的老地质专家廖瑞金操着一口四川话，不紧不慢地说。他的脸上总是堆着自信而慈祥的笑容。

“来了，来了……”开会的时间到了，村民陆陆续续走进了祠堂。不一会儿，偌大的祠堂里就聚拢了60多个村民，他们的眼神里有疑惑，有猜忌，有排斥。

“老乡们：你们好！我是石城县矿管局的邓扬俊。站在我身边的这几位，他们是省里来的地质专家和搞勘查的地质队。我们今天来到大畲村，是想在村里找到温泉，也就是地热。为此，希望得到各位父老乡亲的支持和帮助……”

英俊潇洒的邓扬俊，大学毕业后担任过县委秘书，时任石城县矿管局长。土生土长的他，向乡亲们拱了拱手，一双炯炯有神的眼睛，真诚地望着老乡们，眼神里充满了期待。他铿锵的话音刚落，老乡们就炸开了锅：“到我们村找温泉？”“我们这里穷得连山上的树都没有几棵，哪里还有温泉？”“开矿开矿，不要温泉没找到，把我们的山也挖坏了”……

老乡的种种质疑，不是没有缘由的。

史料记载：石城不仅地面多石，而且地下资源十分贫乏。“环山多石，耸峙如城”，石城县名故由此而来。据悉，石城还是江西省的地震区和暴雨集中区。大畲村地处石城县琴江镇东南部，位于国家4A级景区通天寨山脚下。然而，几年前的大畲村，水土流失十分严重，别说外地游客都很少来此，随时都可能“灾难临头”的恐慌，曾多年困扰在大畲村民的心头，于是，大畲村成了远近闻名的“穷山恶水”。在这样地方开展地热勘查工作，其难度可想而知。

但是，再难也得上！这个理由既简单更充分。早在1987年，原地矿部以矿业开发扶贫赣南老区建设作为突破口，投入大量资金，实施了200多个具有地勘行业特色的扶贫项目。1998年3月10日国土资源部成立，尤其是2006年1月20日《国务院关于加强地质工作的决定》颁布实施之后，进一步加大了对赣南矿产资源勘查开发的力度。近年来，中国地质调查局以赣南苏区、乌蒙山区、新田县等贫困地区为重点，开展脱贫攻坚区地热资源勘查，发展地热经济，服务精准扶贫。因此，必须向老百姓说清楚，地热开发与人民群众的生活息息相关的重要性。

“哦，原来有了温泉，我们就不用烧柴火烧水了！”

“是啊，就不要上山砍树了！”

“可是，到哪里去找温泉？又怎么找呢？”人群中又开始议论纷纷。

“我来讲两句。我晓得哪里有温泉！”这时，一位80多岁的老人在儿孙的搀扶下，一边拄着拐杖，一边高声喊着，颤悠悠地走进了祠堂。廖瑞金的眼睛一亮，就像是看见自己久违的亲兄弟一样紧紧握着老人的手说：“老哥！老哥！你能带我们去吗？”“可以哇！可以哇！”老人指了指通天寨耸入云天的石笋干霄：“那是我们的龙脉，我们的命根子。你刚才说的温泉，就在那里。”廖总感激地对老人说：“好，老哥给我们带路，我们按标准付带路费。”老人摇摇头：“不要不要，你们找热水，是造福我们，我怎能要路费钱？”顿时，一阵暖流涌进了人头攒动的祠堂，流进了每一个勘查队员的心里。

果然，勘查队不仅在老人住的附近发现了热异常，当地老百姓还主动锄去了周围尚未成熟的庄稼。此时，刚刚进入2012年，大畲村渐渐漾动起春的讯息。

六

资料准备，找准位置，布孔开钻。

第一个孔打下去200多米，有水，温度20°，不见热异常。难道我们的判断又出了问题？祝爱明不解。

夜晚，星空闪烁，凉风习习。躺在床上的祝爱明，辗转反侧，不能入眠。有水却没有温度，说明不是温泉。他想：如果再打下去，水还是没有达到指定的温度，我是不是要放弃啊？他打开灯，重新查阅资料，并没有发现问题。再躺下，还是睡不着，这样折腾了一宿。

“小祝，相信你！大胆干！有什么困难，我们帮你们解决。”天亮，祝爱明耳畔想起几位老专家的话，他拨通了省厅的电话，厅里马上又派教授级高工廖瑞金到现场指导。

此时的廖瑞金，已经与癌症抗争了20年。一提工作，廖教授却忘记了自己是病人，立即从南昌赶到了石城。70多岁的廖教授来了！拄着拐杖来了！祝爱明看着慈祥的廖瑞金，欲言又止。“爱明”，老教授鼓励祝爱明往下说，祝爱明拿出了图纸。“图纸，我们先不看。我们最重要的是树立信心，不能一遇到问题和困难，自己先把自己给打败了。”信心重新被点燃。为了布第二个孔，廖教授带着几个年轻人，在不同时间段开始跑野外，这样来来回回跑了七八次。

赣南山区的初春，空气潮湿，气温低。早上天未亮，祝爱明就沿着构造带追索。走到一个老乡新建的房子旁，发现冒着热气，他测了测，26°，有热异常！然后继续按产状倾向往前推移布孔。钻进350米时，水的温度达到了32°。“地热！有地热了！”小伙子们兴奋得跳起来。接下来又布了第三孔、第四孔，水温均达到了40°以上，有开采价值。

这便是总投资约5亿元，即将在2017年3月底竣工的花海温泉。

花海温泉，一个充满诗情画意的名字。这个浪漫的名字永远忘不了廖瑞金，一位把一生献给了地质工作的老地质人，2014年不幸离世，终年73岁。临终前，廖教授还惦记着大畲村，惦记着那位带路的“老哥”……

与这个浪漫名字在一起的还有陈平扬、刘耀、杨玉琼……他们都是90后，是祝爱明的队员。

那个叫陈平扬的小伙子，性格内向的他，憨厚实在，东华理工大学毕业，参加工作三年。因为一直守在野外生产一线从事地质编录，头发长得可以扎辫子，大伙儿都笑他是山里的艺术家。刘耀，地质三代，家庭条件好，小时候没吃过苦，聪明却不服管。刚参加工作时，分到江地集团工勘院跑野外，院长打电话找他，他却不接电话，把手机关了。调入地环院之后，祝爱明耐心地找他谈话，鼓励他趁着年轻多努力。在工作中以身作则的祝爱明，感染了他。打那以后，刘耀工作十分用心，而且进步很快，不久被提升为地环院副院长。杨玉琼，是院里唯一一位负责地热勘查的女研究生。2016年，为帮助石城县申报“全国温泉之乡”，她编写的地质报告荣获一等奖，并得到原国务院参事、水文地质学家、勘察大师王秉忱的高度赞誉。

七

江西省地质工程勘查研究院（又称水文队），始建于1958年，地热矿泉水勘查与开发利用研究等，是水文队的主业。近60年来，水文队承担地热勘查项目60多项，为江西省地热能开发利用做出了卓越贡献。这样一支专业技术在行业中领先的队伍，曾在赣南地热开发中一度受挫。

那是2013年，水文队在宁都县湛田蓝田村展开地热勘查，当地老百姓以为来了一群陌生人要抢村里的资源，从四面八方把地质队员围住了。他们的理由是：这里的山是我家的，山上的一草一木都是我家的，谁都不能动！有人甚至拿着老虎钳、锤子要卸钻机上的零件。水文队总工程师白细民一边向老乡解释，一边组织人员对老乡的行为进行制止。情绪激动的村民哪里听得进解释，高喊着让地质队离开他们村庄。

“既不能让我们的钻机遭到破坏，更不能激化我们与老百姓的矛盾。”白细民为稳住将要失控的老乡，不让事态扩大，表示将在近日撤离村庄，老乡才渐渐散去。老乡走后，揭院长立即召集开会，认真分析了产生矛盾的原因。要取得当地老百姓的理解和支持，我们一定要借助乡村两级干部的力量，耐心细致地做好老百姓的思想工作，让他们懂得矿产资源是属于国家的，地热开发最终受益的是当地老百姓。

起初，乡里对地热开发工作也不理解，白细民到乡政府跑了多次，也没能做通他们的工作。而蓝田村已经有明显的热异常，老百姓在半山腰自凿了一个可供3、4个人洗澡的水池，水温为40°左右。为了把水池扩大，老乡用雷管炸药去炸水池，结果水量反而减小了，他们便又用挖掘机去挖，水池又挖开了。“没有科学的开采，怎么合理用上这老天爷恩赐的宝贵资源？”白细民果断地决定开钻，同时组织人马拓宽了原来通往山上的一条小路。打第一口井时，一名副乡长跑来阻挠，说：“国家资源，不能随意开采！”白细民马上告诉他：“我们有采矿许可证，2007年就已经取得了探矿权。”当地老百姓一直以为所有的解释都是诳言，对地质队的人不理不睬，地质人却依然晓之以理，动之以情反复给老乡做工作。

2014年春节过后，村民李学华找到了白细民说：“领导，乡里不支持你们，我们支持你们！”村民态度的突然转变，让白细民喜出望外。李学华说，他的弟弟是村支书，还有兄弟在外乡打工，通过了解才明白，如果国家不组织专业队伍来开采地热，老百姓自己无法规范开采。白细民听了，高兴地顺着他的话说：“是啊！这里一旦开采成功，引进开发商，不仅带动旅游业，还能带动村民们走上富裕之路。”李学华点点头：“是是是，你们来了，把我们的路都修好了！”

老百姓的思想疙瘩解开了，钻机钻进也顺畅了！

2016年6月6日，江西省国土资源厅正式发布消息称，宁都湛田乡发现迄今为止江西最高温度地热水，地热井口水温高达83℃，每天出水200吨，发展潜力剧大。

八

“我一直认为，我们一定要让风景名胜区赋予丰富的地学知识，这样就能让游客在地质公园游览时，避免走马观花，而是自然而然地接触地质学、了解地质工作。”陪同我采访的赣州市矿管局调研员马钊善，毕业于长春地院，从事地质工作已经40多年了，言语中总是情不自禁流露出他对地质工作的挚爱。他告诉我，地质公园成功开发出地热，将有效推动地质旅游业的发展。

是的，改革开放三十年，人们的生活发生了巨大改变，人的思想观念和精神面貌有了新的变化。许多人过去足不出户，现在每逢节假日，一家人都会外出旅游。据了解，2016年我国旅游总收入达到4.69亿元，同比增长13.6%。从温泉旅游发展现状来看，温泉旅游地更是一个度假胜地，温泉已成为地产开发的“王牌”。

安远三百山东江源温泉度假区有泡池100多个，客源来自赣州、福建、广东、香港等地。因为东江源在此，每天均有香港游客来饮水思源，度假区也为他们提供了良好的服务。

度假区董事长谢运如是一位退伍军人，从过政，经过商。2014年退休后来到了三百山。他告诉我，刚开始老百姓是在两个旧浴池泡澡，周边卫生环境差。新建的公共浴池，有专人管理，免费为当地村民开放。不仅如此，谢总还为老乡办实事、办好事，一是分了三个组去看望80岁以上的老人，并送上慰问金；二是为三百山5所小学送去800个书包，书包上印着“我爱三百山，我爱东江源”；三是每到新年，走访慰问特困户；四是每年投资2万元修路修桥修祠堂。一个个善举，感动了老乡，不少外出打工的村民回到了家乡。

在新公共浴池门口，我遇到了村民龚德登。我问他是否还在干农活？他说，今年55岁了，在广东东莞、福建和贵州打工七八年，前几年回到了家乡，现在公共浴池担任管理员。他说：“我们公司很好，就不用背井离乡到外地去做了。”

当地有个俗话：远走不如近爬。是啊，温泉不仅带动了旅游，还带动了当地老百姓就业。这是一个朝阳产业，既保护了生态资源，又充分利用了天然资源。

九寨温泉开发商郑崇高告诉我，他是石城人，大学毕业后在深圳从事旅游业。2009年招商引资，广州潮流集团有限公司向九寨温泉投资了1.8个亿，郑崇高从深圳回到了家乡。

我问郑崇高：“深圳的条件比内地更好，放弃在深圳创业，郑总不后悔？”

“不后悔。我已过而立之年，父母年纪大了，需要我照料；再就是这些年内地招商引资的政策和环境好，非常适合我们就地创业。”郑总告诉我，九寨温泉现有泡池49个，按季节和客人的需要，有葛根泡、生姜泡、苦瓜藤泡、薄荷泡等。客人分别来自赣州、福建、广东等地，年接待量达到20万人。

“你们的员工来自哪里？”

“都是本地人。”郑总说，目前温泉共有固定员工160多人，临时工100多人，漂流景区员工100多人。他们离家近，既有稳定收入，又能照顾到家人，生活安稳，幸福指数逐年增加。

九寨温泉，是国内最具特色的峡谷温泉度假景区。庄园所在的九寨村，紧挨泉南高速与济广高速公路交叉处的官桥出口，交通十分便捷。庄园至石城县城仅15分钟车程，距宁化、瑞金约半小时，到赣州也仅需2小时。优良的外部环境吸引了各方游客，目前九寨温泉已经满足不了客源的需求。郑崇高说，温泉二期开发已得到国家发改委的批准，一次性拨付6千万作为基础性建设投入。

这些年，石城因何受关注？有网民这样写道：为什么要去石城？因为那里有通天雄风；为什么去石城？因为那里荷花百里。为什么要去石城？因为那里宋塔巍巍。为什么去石城？因为那里温泉汩汩……

是啊，石城如此，将来南康、宁都、于都、寻乌等都将温泉涌流，引来八方游客。

（本文部分资料来自中国地质调查局网站、赣州市人民政府网站、石城资讯等。）

赣南命脉

——找水打井让百姓喝上放心水

徐春林

青山不老，绿水长流，这是江西人的骄傲与自豪。但是，现实总是有特例的。在江西赣南，水对当地老百姓来说，是一种无法言说的痛。

——题记

楔　子

赣南大地辽阔、秀美。

到赣南，说起水，村民们摇着头说，赣南并不缺水，到处是河流。赣南大地缘何到处挖井呢？“缺水，缺安全饮水。”陪同我采访的中国地质调查局首批优秀人才、武汉地质调查中心的水文专家陈立德说。

在没去赣南之前，我的脑海里对赣南“缺水”的概念模糊不清。去了之后，我才发现，国土资源部在扶贫赣南三十年的过程中，始终把解决水问题作为头等大事来抓，真可谓是“水滋润了百姓的心田”。村民们无不谢党恩，说从地矿部，到国土资源部，这三十年里可谓是倾情帮扶，用心帮扶，为老百姓干好事。

三十年来，赣南吃水问题有了明显改善。国土资源部中国地质调查局先后建立地下水示范工程40多处，解决了贫困地区20万群众饮水安全。实施降氟改水工程15个，1.3万人喝上了干净的自来水。

一、“红井”连北京

让生命回味这一刻，

让岁月铭记这一回。

沙洲坝是瑞金地名的重要标志。

2017年3月，我第一次来到赣南，江西这块红色的土地。每天，我和村里的老人、中年人、少年一起吃饭聊天，我用脚步和目光丈量着土地、水塘和河流。在那里你会发现，人是伟大的，更是恒久的，因为人就是其中的一部分。

赣南地处赣江源头，水资源丰富。那么赣南真正缺水的原因是什么呢？赣州市矿产资源管理局调研员马钊善介绍说：赣南实质上不缺水，缺的是安全饮水。“你看，赣南大地到处是水资源。”马钊善强调说，安全饮水是指老百姓喝的水。而实际上在我深入赣南大地采访后了解到，除了老百姓正常饮水外，灌溉也有出现水荒的时候。很多农作物，因缺水而荒。

1987年，原地矿部赣南老区扶贫团到赣南扶贫时，就将解决老百姓用水问题摆在首位。“水是孕育生命的源泉，是万物生存所依赖的命脉，所以首要的任务是找水源，打水井。”陈立德说。

“沙洲坝，沙洲坝，三天不下雨，没水洗手帕。”这是流传在当年中华苏维埃共和国临时中央政府所在地——瑞金沙洲坝的民谣。它形象地说明了沙洲坝地区的干旱与缺水。1933年，毛泽东同志亲自率领身边的工作人员在沙洲坝的列宁小学旁边打了一口井，这就是举世闻名的“红井”。

“红井”成了瑞金红色的标记。“吃水不忘挖井人，时刻想念毛主席”的石碑激励了一代又一代年青人。

“造成赣南缺水的原因是什么呢？”我问陈立德。

就这个问题，陈立德在深入赣南后，多次论证得出了如下结论：一是红砂岩盆地本身缺水，二是灰岩地区缺水，三是部分地区地表水受生产生活等影响污染，四是季节缺水。基于这四种原因，赣南人的先辈们，有打井取水的习惯。由于缺乏设备，打得最深的井不到十米。据水文专家介绍，打井取水越深越好，井越浅，水量就会越小，水质也就较差。

我们沐浴在细雨中，踩着鹅卵石前行，寻找“红井”的印记。一路上陪同我采访的瑞金市矿产资源管理局副局长吴燕鸣介绍说：在这里可以找到中央部委的前身，你看国土资源部就在那。我顺着她的手指望去，一栋矮小的土屋，这便是泵房。在泵房的门口醒目处挂着“全国国土资源系统革命传统教育基地——国土资源部”的碑刻。

在这里面，国土资源部系统内的党员多少次握起拳头。他们的拳头里，满载着为民服务的力量。

“红井”渐行渐近。

一群游客在围着“红井”拍照。导游在讲述那段往事，虽然照搬了无数次，可面对新来的客人时，依然是栩栩如生，丝毫没有疲劳和怨烦。

“你看那口井。”吴燕鸣指着不远处说。

在离“红井”不到一千米处的沙洲坝上建着一口“机井”，“机井”在一间矮小的房子内，虽然狭小，里面还住着一个人，是当地请来照看“机井”的工人，负责“调控水量，做到节约用水”。

1987年冬天，原地矿部组成的赣南老区扶贫团来到赣南的瑞金市，通过与老百姓的交谈得知，老百姓迫在眉睫的是解决用水问题。扶贫团立即展开了调研，并向正在瑞金考察工作的方樟顺副部长作了汇报。

不能让老区人民再过没水喝的苦日子！方樟顺立即向部主要领导作了汇报，动用部长基金，由九〇九地质大队操作，最终确定了在沙洲坝的红井小组、官山小组、大窝小组、竹山下小组、杨岗小组打井，要求在最短的时间内，使老百姓喝上干净水。地质队员发扬苏区精神，仅用了不到半个月的时间新建机井五座，并铺设灌溉管道，解决了5000多亩的农田灌溉。

倘若说，当年毛泽东同志亲手挖掘的“红井”开创了党密切联系群众、关心群众生活的先河，那么，赣南老区扶贫团打出的五口机井，就是传承苏区干部好作风的真实写照。

从1987年至今，已经足足30年过去了。然而，这些机井一口也没有废弃，现在依然还在为当地群众灌溉农田服务。红井、官山小组的机井井水还成为群众饮用水源，尤其是红井小组的机井位于毛主席挖的“红井”的东面，距离不到百米，井深173米，灌溉耕地面积700多亩，同时解决1350多名村民饮用水的难题。今天，“红井”“机井”的水依旧清澈，汩汩流淌，滋润着瑞金人民的心田。

“苏区时期毛主席开挖的红井和改革开放时期原地矿部赣南老区扶贫团新建的机井是党为人民群众办好事，办实事的具体体现，也是党和人民群众鱼水情深的生动写照。”瑞金市沙洲坝镇洁源村党支部书记曾小生说。

2012年1月15日，在瑞金的沙洲坝，从“红井”至“机井”泵房的道路上披上了节日的盛装。巨大的红幅上写着：吃水不忘挖井人，脱贫永记帮扶恩。好客的老表们拿出过年吃的米酒、花生、米糖摆在路旁，像当年迎接红军凯旋一般迎接着国土资源部部长徐绍史一行的到来。这是自2007年上任以来，有着“亲民质朴”之誉的共和国部长第5次来到赣南视察扶贫工作。在国土资源部有一条不成文的规定，每位新到任的部领导，都要到赣南来走走，用他们的话说——亲亲赣南，就是亲亲自己的良心，更好地扛起党和人民赋予自己肩上的重任。

在进村的路口，村民代表捧着一碗热腾腾的香茶敬给徐部长，深情道：“这是用你们给　（我）打出的甜井水泡出的香茶，请北京来的客人尝尝。滴水之恩，当涌泉相报啊！”

二、“老井”寄恩情

成功的花，
人们只惊羡她现时的明艳！
然而当初她的芽儿，
浸透了奋斗的泪泉。

位于兴国县城北郊的兴国县职业中等专业学校，创办于1958年，2010年评为国家级重点中等职业学校，是兴国县唯一一所公办职业高中和国家级重点职校。满目青翠的绿荫林中，一幢幢别致、宏伟的高楼拔地而起，教室里琅琅的读书声，充溢着浓浓的催人奋进的气息。

丁美岚是兴国职业中等专业学校的党支部书记，他听说我是来学校采访国土资源部中国地质调查局帮扶赣南的事迹时，满脸写着幸福的表情。“听说学校的吃水问题是国土资源部中国地质调查局解决的？”我问。“是的。”说着，丁美岚从裤兜里掏出手机来。“刘德钰主任当年具体负责这个事情，我把他叫过来。”没一会工夫，刘德钰从教学楼里跑了出来。“‘井’就在宿舍楼的后面，我当年负责这个项目。”刘德钰自我介绍说。

刘德钰清楚地记得，那是2002年6月，国土资源部赣南老区扶贫开发中心得知学校饮水困难时，决定帮助学校建一口井。刘德钰指着西方向说，“我们学校以前吃的水是从水沟里铺设管道连到学校来的，只要逢上下雨天，孩子们就得喝泥巴水。学校在县城郊区，自来水也供应不上。好在赣南老区扶贫开发中心来了，给了我们三万块钱，打了一口10米多深的水井。”刘德钰一边说，一边带着我朝宿舍楼的后门走去。远远地我看见一栋矮小的屋子门口镶嵌着一块石碑，上面刻着：国土资源部赣南老区扶贫开发中心援建，落款是2002年9月。

“缺水的时候，学校得停课。”刘德钰说，国土资源部赣南老区扶贫开发中心援建的这口井，帮助学校解决了上千名师生的饮用水难题。

刘德钰还记得出水那天的情形。他和校长早早地等在水泵边上，清泉从水泵里喷出来的时候，整个学校都沸腾了。

学校因为缺水，孩子不得不停课。也因此对学生生源产生了影响，很多孩子陆续转到其他地方的学校。还有些家长会板着脸到学校闹事，他们闹的不是水的事情，他们知道，这水的问题学校没有能力解决。

从这之后，学校的条件越来越好，井也由当初的1口增加到了现在的11口，可学校师生把这口井视为“井王”。“要不是国土资源部的帮助，我们哪能喝上干净水。所以，我们永远不能忘记他们。”丁美岚说。

“现在学校里还缺水吗？”我问。

丁美岚说，现在学校每年的招生都在增加。而且，还要承担全县的乡村干部和技术员的培训。未来学校打算晋升职业技术学院，学生的人数还会增加，吃水肯定会是个问题。

“只要你们需要，我们继续支持。”中国地质调查局南京地质调查中心的同志接过话。

“太好了！真的得好好感谢你们。”

在学校的记忆里，国土资源部中国地质调查局帮扶的每一个场景都存在，学校的展览馆内展览着中国地质调查局的照片，每张照片都寄托着感情。

“时任国土资源部副部长，现任江西省委书记的鹿心社在2015年1月16日来过我校视察。”丁美岚骄傲地说。

在1996年至2000年之间，国土资源部中国地质调查局不仅帮助他们解决了用水问题，而且每年拨付资金20万元给他们发展蔬菜和养殖。他指着学校旁边不远的菜地说，那就是帮扶的蔬菜基地。“我们的孩子，吃的菜都是免费的。”

这是国土资源部中国地质调查局首次扶贫赣南时所做出的一大贡献。

三、北京来的第一书记

没有比脚更长的路，

没有比人更高的山。

夏潭村距离赣州市市区21千米，赣县城区24千米，五云集镇约8千米，全村总面积10平方千米。其中耕地面积997亩，山地1万1千亩，全村辖有10个村民小组，316户1326人。夏潭村是国定贫困村，2015年人均年收入不足5000元，现有贫困户53户171人。

1987年1月出生的李兆宜是国土资源部2016年7月选派夏潭村的第一书记，在夏潭村任职两年。中央财经大学硕士毕业的李兆宜，在没来夏潭村之前是国土资源部财务司预算处的主任科员。没有农村工作经验，到村之后，他与村支部书记罗新亮同吃同住。

“罗书记，我们村急需要解决什么问题？”李兆宜把罗新亮问住了。

夏潭村是国定贫困村，要解决的问题多啦！

“必须要解决的，急需要解决的。”李兆宜又说。

“要说急需要解决的问题可是水了。”罗新亮叹了口气说。罗新亮在村里干了几十年，现在村支部书记和村委会主任他一肩挑，这么个穷村谁愿意当村干部，一年到头连养家糊口都难。罗新亮不是这么想的，他说村民信任自己，无论多难都得干下去。

听说国土资源部派干部来村里挂第一书记，罗新亮高兴了好一阵子，心想这下村里有希望脱贫致富了。李兆宜来到村里，罗新亮就傻眼了，上面派来了个毛头小子，和自己的闺女差不多大。这下，罗新亮的心又悬了起来。

“罗书记，我们明天开个会吧，先听听村民的意见。”李兆宜说。

罗新亮没有吭声。心想，这小子不信我的话。也就懒得搭理他。

第一次开党员大会，村里老老少少都来了。有不少村民给李兆宜写纸条，提出要“喝干净水、放心水”。看着纸条上扭扭歪歪写着的字，李兆宜的心里特别得难受，他想自己不仅是国土资源部下派的第一书记，还是扶贫赣南的干部，于是暗下誓言，一定要让村民们喝上放心水。

党员大会结束后，李兆宜又逐家逐户走访。得出的结论是，渴望像城里人一样喝上自来水。

李兆宜做了个详细的调查：夏潭村目前全村的人畜饮水主要依靠山泉及溪流直接取水、人工挑水。水质得不到保障。在山泉、溪流自然流淌过程中直接取水，无过滤、净化、消毒等处理环节，泥沙、微生物、细菌等含量超标，水质没有保障不说，如遇上突发事件，容易造成大面积污染。由于赣县区第二大水库——洋云湖水库坐落于村内，很多村民家的井水被水库的水渗入，相邻的蓬村、左坑村有不少养猪专业户将污染物直接排往库区，造成地下水严重污染。经检测，井水中污染物（养猪污染物直排）、矿物质（水库水渗入）含量超标。有些村民从山上、溪流中接水管到家中储存，遇上洪水、暴雨，就会冲毁，导致雪雨天家中长期断水，要恢复供水需要花很长的时间寻找“断点”。由于水管小，溪流中携带的泥沙极易造成水管堵塞，村民只能一段一段地排查“堵点”。还有部分村民楼层或住房地势较高，水压过低无法保证正常用水。

“李书记，你看我家的水都是黄的，下雨天还有股泥味呢！”村民罗新华说。

李兆宜听在心里。

74岁的贫困户郭厚生提到水的事情就激动不已，他家的水管几乎每个月都要断一次，子女都在外地打工，每次见到村干部都要说：“要是通了自来水，就算水费比城里贵，我都愿意出！”

“农村安全饮水率达到100%，是贫困村脱贫的硬指标。所以饮水问题成了夏潭村的民之所望，脱贫之要。”李兆宜说。

“我开始对这小子刮目相看。”罗新亮书记说。“他有思路，有想法，这点是我远远不能比的。”

就这样，在李兆宜的提议下，村两委班子将“安全饮水”作为头号民生工程，予以全力推进。

“解决说的问题不是那么容易的。”通过实地踏勘，李兆宜发现村内既没有符合条件的地表取水点，又难以筹集到工程建设所需的资金，与水利、农业等部门多次沟通协调，也都没有找到合适的解决办法。就在李兆宜一筹莫展的时候，中国地质调查局武汉地质调查中心计划在赣州开展水文地质调查，这让李兆宜看到了希望。在与武汉地质调查中心水文地质环境地质室取得了联系，介绍完夏潭村缺安全用水的现状和村民的愿望后，武汉地质调查中心的水文专家陈立德，当即表示先来村里踏勘。“这是个天大的喜讯，我紧张的心终于放下了。”李兆宜说。

随着中国地质调查局的技术专家和地质队的到来，一场在夏潭村开展的找水打井“大会战”拉开了帷幕：2016年10月，中国地质调查局武汉调查中心在夏潭村开展1：5万水文地质调查的实地踏勘、资料收集和内业设计；11月，完成了物探工作、打井点位确定；12月，开始钻探和探采结合井建设，村民们对找水打井工程极为关注，每天都有村民到钻井平台附近看望和询问地质队员，“一听到钻机声，心里就踏实了。”就连在外务工的村民，也不时打电话回来问情况。

“出水了！出水了！”伴随着村民们高兴的吆喝声，一股清泉从管子中奔涌而出，溅起了朵朵水花。2017年1月10日，经过紧张的施工，第一口探采结合井在夏潭村建成。井深150米，出水量每天200立方米，全部取自无污染的寒武系砂岩含水层，能够满足全村的日常用水需求。“这是一件功在当代、利在千秋的大好事。”村民们高兴地说。

喝上干净水，只是李兆宜为夏潭村做的第一件事。他列好了计划，按照计划一项一项来，有的还可以同步推进。下一步，李兆宜要在村里建设污水处理示范点，对中心村村民生活废水、生产污水进行集中处理，解决之前生活生产污水随意乱倒的问题。

为老百姓干了实事，老百姓是不会忘记这份恩情的。村民们都对这位北京来的第一书记满是敬意。李兆宜呢？他已与村民们打成一片。“我想在这两年时间里，多为老百姓做好事，做实事。”

离开村子时，有名老百姓对我说，这个李书记是真来扶贫的。我问这话怎么说？村民说，李书记来了村里后，不愿意吃老百姓一餐饭。后来，我听随同采访的赣南地质队的同志说，李兆宜可以说抛家来的赣南，家里还有一个1岁多的孩子，来了赣南之后他再也没有回家。

四、武汉来的“陈教授”

水本身就是生命，

生命和生命遥相呼应。

微胖的身材，略低的个头，圆圆的脸庞上架着一副近视眼镜。他是中国地质调查局帮扶赣南找水的专家，老百姓口中常说的恩人。

“陈教授是我们的恩人。”这句话听起来有些老套，却是赣南人的真心话，这话他们常挂在嘴边，乃至最后成了口头禅。初闻此言的人可能会有些疑惑，心想这陈教授真有那么好吗？没关系，你且疑惑着，只要你和陈立德多接触一些日子，你就会被陈立德找水的精神感动，对这句话也就深信不疑了。

“我们就是帮老百姓找水的，李兆宜打来电话，所以我连想都没多想就答应了。”陈立德说。

陈立德是武汉地质调查中心水文专家，还是唯一一名三级教授。说到他的“三级教授”，他很自豪，嘴角上挂着微笑，当别人强调他是武汉地质调查中心水文专家里的唯一一名三级教授时，他有些慌张了，“我们地质调查中心有很多个我这样的教授。”

陈立德知道，赣南还是缺水的。他认为，自己是一名找水专家，他愿意把自己投身到赣南去，为赣南的老百姓找好水。

是的，陈立德对农村对农民，有着特殊的感情，他就是农村的儿女啊。小时候，他住在农村，亲历了父母挑水的艰难。但他清楚，想要彻底解决赣南吃水问题，还需要一段时间，未来的赣南百姓，全部会喝上放心水。

夏潭村的水是陈立德找出来的。

“你认识他吗？”我指着陈立德问村民。

“不认识。”村民摇着头说。

我有些失望。怎么会不认识呢？

“是不认识的。”罗新亮说。他白天在野外，只有晚上才在村里借歇。

陈立德戴着帽子，穿着球鞋，就连穿着都很简朴，在村民眼里，他就是个技术员，怎么也不可能与教授牵扯在一起。也许是外形过于朴素，根本没有引起村民们注意。

“那次请吃饭，是不是你临时没来？”一个瘦小的村民指着陈立德问。

陈立德很不好意思地说：“事情没办好咧！”

村民们好像记起来了。武汉地质调查中心的工作组来村里时，村民曾经摆酒宴请他们吃饭。好酒好菜上桌，他们却临时怯场了。

“村民们很恼火，以为他们摆谱。”罗新亮说。

陈立德说，等出了水再吃吧！

2017年1月10日，水出来了。村民们再请陈立德吃饭时，他又婉言拒绝了。“还有很多地方没有吃上水呢？”所以至今，村里大多数人都不认识陈立德。他们都知道，有个找水很厉害的人叫“陈教授”。陈教授长得怎么样？叫什么名字？很少有人说得清楚。

陈立德的爱人给他打来电话，叫他不要把自己当劳模，当铁人，怕他累垮了身子。可他说，多干点工作累不坏。

陈立德的爱人是武汉大学的教授，陈立德长期在外面跑，两人都无法照顾到家，爱人虽然话里有埋怨，但更多的是理解和支持。

夏潭村的水找出来了，可陈立德没那么快回家，很多地方还等着他去。

“接下来会去哪？”我问。

陈立德微笑着说。“哪里缺水，我就上哪去。”是的，还有很多的事情等着他去做。

那天离开村庄时，陈立德带我去了夏潭村部。掏出一堆的纸张给我看，上面有计划，也有打算。看着那些有点破旧的纸张，语言在此刻显得苍白无力。只能和陈立德用干巴巴的语言道别：保重。

五、“甘泉”的画卷

扶贫——

让生活更美好。

赣州市的兴国县被誉为“模范县”、“将军县”，在1955年至1965年，被授予将军军衔的兴国人共计56人。是江西省开国将军最多的县，位列全国第二。

“国土资源部中国地质调查局帮扶赣南是由当地提问题，再由帮扶单位来解决，一定要扶在点子上。”兴国县矿产资源管理局党组书记、局长钟瑞林介绍说。

2016年11月24日至27日，中国地质调查局水环中心主任文冬光、副主任郭建强、副总工程师张福存及项目组成员王新峰、连晟组成的调研组，先后到江西省国土资源厅、地质环境检测总站、赣州市、兴国县、宁都县进行对接和实地踏勘。这也标志着赣南扶贫找水项目正式启动。

“兴国县急需要解决的还是水的问题。”钟瑞林说。

兴国县埠头村、西霞村是兴国县缺水的典型村落。西霞村版图面积8.6平方千米，全村有617户，3136人，其中贫困户有72户。村民们吃水困难，据村支书汤秋生介绍说，村里每个组只有一口井，而且是手工压的。但是长期以来，井里打出来的水肉眼看不出什么问题，可是烧开之后稍一沉淀，水中便有一层鲜明的黄色沉淀物。用这种水做的饭，也是呈黄褐色。

西霞村的主导产业是烟叶，发展烟叶的原因就是因为缺水，“烟叶虽然不要很多水，但还是不能缺水的。”烟农吕常琳说。

2017年1月16日，中国地质调查局水环中心主任办公会对找水项目组提交的《关于〈赣南扶贫水文地质调查兴国示范工程实施意见〉的请示》做了充分研讨，认为利用春节前各项目都已收队，技术人员整齐、设备充足的时间段，与其他地调项目打出时间差，通过汇聚精兵强将，调配先进仪器，可充分发挥单位技术优势，在扶贫找水攻坚战中取得突破。会议决定按照突击和常规两个阶段、两种项目组队形式，于节前成立突击队，并在单位成立领导小组，统筹协调突击队的人员、经费、装备和后勤保障。

西霞村找水工作区处于村西羊山脚下。羊山因其形状而得名，南北狭长，东西窄短，东坡为一陡坡，坡面宽缓，偶有短小深切割冲沟发育，均汇水较少，故无常年性地表水流。岩性差、构造阻水、地表水不汇聚是西霞村缺水的三项因素，也是找水项目组的难题所在。

由水文地质组、物探组、钻探组、遥感组及汽车队组成的赣南扶贫找水突击队经过9天地质调查与物探工作，取得了实质性进展，在遥感解译、水文地质分析基础上，通过多种物探手段验证，选取水文地质条件优越地段，确定了4个备选井位。目前，正在进行供水工程的布置，埋管道，做水塔。“要把这里做成供水示范工程。”兴国县矿产资源管理局党组成员、执法大队大队长陈国才说。

水解决了，西霞村的300亩烟叶就能够正常栽种，还打算发展蔬菜，促农民增收。“我们打算采用：公司+水+农业+收入的农业经营模式，烟叶和蔬菜两项加起来，农民人均可增收3000元。我们村脱贫是没有问题的。”西霞村党支部书记汤秋生高兴地说。

水是助推脱贫致富的关键。有了水，脱贫致富有了希望。烟叶产量提高，老百姓收入增加，老百姓的烟叶不缺销路，种烟叶的积极性大大提高。

江背乡澄龙村长期缺水，农业产业发展受限，为摆脱缺水困境，村里竟把村名“沉龙”改成“澄龙”；梅窑镇三僚村是“中国风水文化第一村”，旅游开发已严重受限于饮水紧缺，县水利局修建的蓄水池和户户通管道也由于缺水搁置无用。这些存在的问题，成了水文专家关注的重点。

通过与县政府对接，建立精准扶贫协调机制，获取工作区地形地貌、气象水文、地质构造及交通条件实际资料，明确了下一步工作目标，优化了工作方案，争取在最短、最快的时间内完成找水工作。

宁都县历史悠久、文化底蕴深厚，是资源和农业大县，自古享有“赣南粮仓”之誉，但农业和产业规划急需转型升级，土地质量地球化学调查和矿泉水专项调查将为农产品转型和优质地下水资源的开发利用打开市场，同时高氟地下水区的划定、地下水水质摸底调查及地质灾害监测预警示范，均将促使宁都由“因水致贫”向“因水致富”、“安全饮水”转型。

“有了国土资源部中国地质调查局的真情帮扶，宁都县力争在2018年，让全县人民都喝上安全水。”宁都县委常委、副县长黄先栋说。

“苏区干部好作风，自带干粮去办公。日着草鞋干革命，夜打灯笼访贫农。”这是兴国县80多年前口口相传的客家山歌，也是中国地质调查局帮扶见实效的写照。

六、人民的责任

为什么我的眼里装着泪水，

因为我对这土地爱得深沉。

王正颐不仅是国土资源部下派兴国的挂职副县长，还是中国地质调查局扶贫兴国的助推器。

我到兴国时，陪同采访的同志就给我介绍王正颐。并给我翻阅大量王正颐的资料图片，介绍王正颐与中国地质调查局和当地政府多方协调。

王正颐是谁呢？他怎么会有这么大力量？2016年4月，国土资源部机关党委组织群工处赴赣南老区扶贫，王正颐是工作组成员，也是下派兴国县挂职的干部。在很多人看来，所谓的挂职也仅是挂顶帽子，没有实质性的工作。可对于王正颐而言可不是这样，他肩上的责任重于泰山。

王正颐在没到兴国挂职之前，一直在部委机关工作。工作性质的差异，和赣南扶贫的重要性，他必须得在短暂的时间内适应。一到兴国，王正颐就马不停蹄地深入村民家中调研，通过听老百姓心声，实地调查，翻阅资料，向身边的同事和部门负责人虚心请教，很快就掌握了老百姓急需解决的问题。

“是什么问题？”我问。

“老百姓的吃水问题。”王正颐说。

江背镇澄龙村、梅窖镇三僚村等地村民生产、生活用水存在严重困难，“水的颜色是浑浊的，根本不能吃。”

“当时他就很担心，基本上工作到半夜。”王正颐的秘书曾凡炀说。

曾凡炀说这个挂职副县长的时间观念很强，工作是一件压着一件。几乎每周都要组织县矿产资源管理局等相关部门前往缺水的村，分析水文情况，出台解决方案，一待就是好几天。

村头村尾随处可见他的身影。一到晚上，王正颐的房间里就亮着灯到深夜。

王正颐坐在孤独的办公桌前，试图圈画点什么，白日的忙碌，已使自己的心性浮漂了，久久不能入定。这样的情形持续了两个月，每晚都是在辗转中不得入眠。

江背镇澄龙村四围地形较低，仅有的一条小溪，水流量较小，枯水时节基本断流，无可保障水源点，同时，该村水源工程也极少，现今只有一座山塘，蓄水量十分有限，极易发生旱灾，直接影响了11个村民小组、1600余人和1200余亩农作物用水，有时还造成人畜用水困难，出现车运送水，给群众造成直接经济损失上百万元；梅窖镇三僚村，地处煤系地层，区内泉水点少、量小，是梅窖镇旱情最严重的村，也是兴国县的旱情重灾区，影响了2100多名群众生活用水。综合3个村实际，他决定采取分步实施的办法，优先解决埠头乡西霞村的用水难题。

缺水情况是了解了，怎么解决才是关键。他充分利用国土资源部中国地质调查局定点扶贫兴国契机，多次采取电话、短信、微信等方式，积极向中国地质调查局汇报对接，恳请支持。在他的不懈努力下，在中国地质调查局的倾心关怀下，中国地质调查局水环中心领导多次来兴国实地调研，特别是2016年11月，文冬光主任一行亲自深入埠头西霞、江背澄龙、梅窖三僚等乡村踏勘指导，明确表示两年内在兴国集中建设1—2个供水示范工程，2个扶贫供水示范井，勘察评价1个城镇人口集中区应急供水水源地，并将在埠头西霞开展第一期找水，给赣南老区人民送来了“冬日的温暖”。

“这是中国地质调查局对赣南的关怀，作为国土资源部的下派干部我更应该抓好落实。”项目来了，如何抓好落地？这成了王正颐焦虑的事情。项目要落地，主要涉及两个方面，一个是项目需要临时占用村民部分土地，需要争取群众支持；另一个是解决群众缺水问题迫在眉睫，需要争取设备早日进场。一方面，他多次调度，并冒着严寒，带领矿管、乡村干部深入西霞村组，向群众宣传项目的重大意义，做好了涉地群众的工作，形成了群众普遍关心支持项目建设的良好氛围，为项目推进奠定了基础；另一方面，继续主动跟踪对接，仅用时15天，也就是在2016年12月，中国地质调查局水环中心就成立了以李铁锋副主任为组长的领导小组和以张福存副总工程师为队长的野外突击队，携带了钻探、遥感等专业技术装备，正式启动了找水项目。项目启动后，他还多次前往现场，送上当地干部群众对水环中心各位领导、各位专家的感激之情，并表示将全力配合、协调、解决好项目推进过程中出现的问题。

功夫不负有心人。历经野外地质调查与物探工作，XGZK01和XGZK02号孔位分别于2017年1月9日、12日成功出水，出水量分别为每天700立方米、每天2000立方米。更加值得庆贺的是，经水质检测评价，XGZK01号井水可初步定名为富锶的锂型矿泉水，XGZK02号井水可初步定为锂型–锶型–偏硅酸型矿泉水，在解决用水难题的同时，更为全县带来了巨大的经济、社会效益。

王正颐经常说，解决群众用水难题，是他应尽的职责。很多人说，挂职干部就是下来走过场的。王正颐不是这么认为，挂职干部是下来锻炼的，吃苦的。他希望自己通过在兴国挂职的时间，尽量多为老百姓做好事情。不能愧对国土资源部的信任，更不能愧对人民的信任。

七、为赣南找好水

青春燃烧火焰，
岁月谱写忠诚。

在赣南采访的日子里，总有一种挥之不去的感动。

更值得一提的是一群年青人。

3月18日中午，在兴国县矿产资源管理局食堂吃饭时，两名年青人闯入了我的视线。男的戴着眼镜，一副书生的模样，女的身材瘦小，像个念高中的学生。

聊天时才得知，男的叫龚磊，女的叫宋绵，都是吉林大学地下水科学与工程专业毕业的高才生，这次是来赣南找水的。

“按国土资源部中国地质调查局的要求，帮赣南找好水。”龚磊说。进入大学学习水文地质时，龚磊从老师口中了解到我国地质行业的艰辛发展史以及其对国民经济发展的重要意义，心中充满了对地质人的崇敬和对地质工作的向往。

“远看像逃难的，近看像要饭的，仔细一看是搞地质勘探的。”看似自嘲似的言语，实际反映的是地质人不拘小节，为国家繁荣找矿找资源的奉献，也真实地反映了20世纪八九十年代地质人的工作状态。

“但自2012年进入工作岗位后，才知道地质人一直都奉行着‘三光荣’的精神，用脚步丈量着祖国的大江南北，为国家找到优质资源。”龚磊说。

龚磊所在的单位中国地质调查局水文地质环境地质调查中心是我国专业的水文地质勘查单位，长期以来都将推进水文地质勘探行业向前发展，解决我国老少边穷地区饮水困难问题，助力脱贫和经济发展作为一项重点工作任务。加入这个集体后，随着项目组从西南岩溶地区勘查找水开始，到研究黑河流域水资源合理开发利用对策，再到赣南地区开展扶贫找水攻坚，项目组常年奋战在野外一线，为解决当地之所急而奋战，项目组成员多以80后为主，大家都常年以野外为家，跋山涉水，遥望远方，只能挂念家乡的父母，思念离别的妻儿，而无法常回家看看。

龚磊结婚不久，妻子怀孕在家，却只能朝思暮想。他说，妻子能理解，也很支持他的工作。“用工作来交出一份充满自己良心的答卷，贡献属于我们自己的力量！”

“是那山谷的风，吹动了我们的红旗；是那狂暴的雨，洗刷了我们的帐篷。”唱着《勘探队员之歌》，怀着对地质事业的满腔热情，2014年7月，宋绵来到了中国地质调查局水环中心工作。“工作以来，我一直从事野外地质工作，感觉野外似乎就是我的家。”宋绵说。

2011年我国开展了新一轮扶贫开发攻坚战。“在扶贫的路上，不能落下一个贫困家庭，丢下一个贫困群众。”这庄严的承诺给贫困区人民带来了希望，而许多地质青年人也站立在脱贫攻坚的最前沿，为解决制约贫困区发展的水资源问题开展着地质调查工作。

“当我第一次进入大山里，看到当地百姓的穷困潦倒，吃水还是肩挑背磨。我的心不禁颤抖了一下，他们是如何在大山里生活了这么多年。”宋绵说。

宋绵最崇拜的人是温家宝总理，在她的包里随身带着温家宝《地质日记》。这本书给了她许多的鼓励。书是黄金屋，它就像是一盏明灯，照亮着她前行。

这次来赣南工作的时间是两年，我问她是否会坚持下去，她有些羞涩，脸上泛起了红晕。“我的身子看起来薄，但我热爱地质工作，一定会把工作做好。”想想，真亏了她。一个还未婚的小姑娘，一个人在外面生活，不知道还要经受怎样的风风雨雨。在为她担心的同时，我又觉得，一个热爱事业的人，力量是无比巨大的。因为热爱，没有做不成的事。

2017—2018年，根据中央扶贫攻坚战略部署，国土资源部中国地质调查局积极主动发挥专业优势，实施赣南精准扶贫找水打井行动，向赣南宁都、于都、瑞金、寻乌等县投入2850万元，用于解决这几个县的用水问题。而这里的找水工作，离不开这些80后的年轻人。“这两年里，我们会帮赣南找好水，让他们喝上放心水。”宋绵说。

这是一名地质工作者向赣南大地的真实承诺，我们相信在国土资源部中国地质调查局的大力帮扶下，赣南的井越来越多，水越来越清，老百姓越来越富裕已是铁的事实。

据不完全统计，从2016年12月28日到2017年1月11日，仅半个月左右，累计完成水文地质调查10平方千米，布设物探点709个，确定井位5处，成功施工两眼探采结合井，总出水量每天2700立方米，解决了赣南革命老区兴国县约3万人的饮水需求。

当你走进赣南海一般的蜜橘林带，看到绿林环抱中的一栋栋漂亮楼房和乡村别墅，以及排列整齐高低一致的高产棉花地，你就会想到创造人间诗意美景的那些可亲可敬的水文专家和他们的英雄团队。

2016年1月31日至2月2日，国土资源部部长、党组书记、国家土地总督察姜大明率部党组成员、副部长、国家土地副总督察、部扶贫开发工作领导小组组长张德霖一行19人，走访夏潭村时，村民们跳起了快乐的秧歌，锣声清脆悠扬，掌声、笑声、喝彩声汇集成一层层的声浪，回荡在村庄的上空，飘向了赣南的山山水水。我想，这不正是国土资源部中国地质调查局为赣南百姓找水再创辉煌擂鼓吗？

向你们致敬。

八、尾声

30个春秋，30年收获。

地质人弘扬吃苦肯干的精神，用心找好水。

一张张年青的面孔，刻写着对事业的忠诚，透散出对磨砺的坚韧。

一行行从容的步履，记录着风雨人生的淡定，延伸着精神导引的高度。

赣水作证：前赴后继让苏区老表迈上了脱贫致富的幸福路。

赣南的每一寸土地里，无不凝聚着国土资源部中国地质调查局亲人们的心血和汗水。该如何谢恩呢？让赣南960万人民喝上干净水。那才是永刻在大地上的丰碑，永远流淌在老百姓心中的甘泉。

赣南，作为国土资源部中国地质调查局找水的范本，赋予国无穷的韵律和圣远的情怀。

亲亲赣南，亲亲赣南水。

不负锦绣山川

——赣南地质灾害及稀土尾沙恢复治理纪实

龙回仁

有一些文字，不仅可以传于口碑，更适合刻上丰碑。

比如国土资源部中国地质调查局《支撑服务赣南苏区脱贫攻坚地质调查报告》中的这段文字，即是如此。

完成赣南苏区县市地质灾害调查3.94万平方千米，查明地质灾害隐患点11339处，筛选特大型险情地质灾害点2处，成功避让324起，避免人员伤亡2662人，避免直接经济损失864.3万元。有针对性提出防灾避灾和灾害治理方案，有效指导地方人民政府应急处置。

矿山地质环境调查支撑赣州苏区100多个废弃矿区恢复治理，治理面积达21.95平方千米，在肥力相对充足的矿区周边鼓励农民开垦，栽种果树，让昔日的“不毛地”披上了“绿衣裳”，成为农民增收致富的“花果山”。

——题记

一

老天爷以一场春雨，配合着我的采访。前一天还春风拂面，天气晴好，这日清早，却寒意顿生，大雨如注。

在这样一个颇具南方气质的春天里聊着地质灾害，倒是更有一种恰到好处的氛围。

或许，那一场场春雨，可以把一个春天的花期开启。但在横看成岭侧成峰的青山绿水之中，在地质灾害多发易发的赣南大地，人们最怕的就是雨，尤其是汛期的雨。

车子开到燕子岩寺的山脚下，见到许多女香客冒雨前往朝拜，便问一位打伞的女士，今天是什么特别的节日吗？

女士打量我一眼，说：“今天是农历二月十九，是观音的生日呀！”

燕子岩地处赣县区储谭镇幸福村肖北坑境内，与狮子岩毗邻，距赣州市内约十五华里。与通天岩、狮子岩、马祖岩并称赣州四大名岩。燕子岩因其形似飞燕而得名，整个岩洞呈椭圆形，极像燕窝，长约三丈，高与深各有丈余，天然景观独特，是赣州佛教圣地之一。

在一条陡峭曲折的简易水泥路上，我们攀爬了半个多小时，终于看到了一座规模不大，却极富赣南民情特色的寺院。寺院周围，古松虬曲，翠竹婀娜。寺院下方，是治理工程的钢筋水泥框架，稳固地顶托着身后的寺院。进到院内，只见门楣上方镶嵌的石匾上，刻着“燕子岩寺”四个大字，大门两旁的楹联为：燕子岩岩岩美景名扬万载；佛祖师师师显灵鼎盛千秋。即使下雨，即使已至午餐时分，此时的寺内依然人头攒动，香火缭绕。

燕子岩寺住持陈古瑝一忙完法事，便接受了我的采访。

据他介绍，此寺建于隋唐，此后屡建屡毁，历经千年。1958年在“大跃进”中全毁，1988年秋重建后，恢复了寺院雏形。今日若不是下雨，会有更多香客上山。陈古　说，每年有四个日子香客最多，一是农历二月十九，是观音的生日；二是农历六月十九，是观音传佛日；三是农历九月十九，是观音出家日；四是大年初一，附近居民都来烧头香，更是人山人海。平时，附近的居民常到山上健身，从台阶小路上山，然后再从简易水泥路下山，居民们在此一上一下，便完成了一天的锻炼任务。

或许是因为年代久远，或许是这只燕子，早已载不动香客们沉甸甸的虔诚。燕子岩在20年前，受降雨触发，发生滑坡。“连房子都滑下去了”，陈古瑝说。

在后期的地质灾害调查中，地质灾害调查人员发现了燕子岩新的滑坡隐患，被列为国土资源部门的重点监测治理隐患点。

这个治理项目，属财政部、工业和信息化部、国土资源部（以下简称“三部委”）批准的“赣州市稀土矿山地质环境恢复治理工程”2013年度项目。根据设计，确定的治理方案为:“抗滑柱+锚索+格构梁+坡面绿化”。设计治理工程主要工程量有：抗滑柱2排20根（桩长10米，桩截面1，2米×1.5米），桩顶各设置一道预应力锚索，长30米。治理工程等级为二级。概算总金额为240.21万元,其中治理工程费用197.15万元。

陈古瑝在燕子岩寺当了九年住持，而他父亲陈法功自1988年寺院重建后，一直在此担任住持，直到9年前把位置让给了儿子，老人于2016年过世。父子两代，近30年来接连主持这个寺院，对寺院充满了感情。因此，陈古瑝对燕子岩滑坡治理工程，也是深怀感激。这是一项利国安民的民心工程。滑坡隐患治理好了，稳固了山体和寺院，保障了朝拜的香客和锻炼身体的居民的安全。

“感谢政府做了件惠民的大好事！”陈古瑝说。

二

雨还在继续下，我们来到了储潭中心小学。

进入该校的那条路，绝对会让你留下终生难忘的强烈印象。

我对身旁的赣州市地质灾害应急中心主任廖群说，那坡度至少有30度以上。

陪同采访的江西省核工业地质局264大队水工环高级工程师李坊清，拿出他的仪器，说，我去测一下。不一会，测罢回来，告诉我们: 24.5度。

连一条进学校大门的路都陡成这样，该校的地质环境也就可想而知。

距赣州市约15千米的储潭中心小学，位于赣江东岸的赣储公路旁一个山体之上。学校有两栋教学楼，一栋综合楼。我们进入校园，正是学生课间休息，因为下雨，学生只在走廊上活动。

校长廖德文打着雨伞来迎接我们，到他办公室落座后，热情地给我们介绍：学校共有380名学生，31名教师。是一所从一年级到六年级的完全小学。2007年春季，校园东北角山体发生崩塌，砸毁一间教工宿舍的墙体。2009年4月，曾有直径1.3米的大石块滚落下来，把操场东侧的宣传栏砸开一个大窟窿，所幸，未造成师生和公路过往行人以及附近居民的伤亡。

与学校操场仅一墙之隔的东侧山坡，高而陡，坡面上堆积了大量的老崩塌积物，滚石遍布，巨石裸悬，崩滑现象时有发生，全校师生平时上课担惊受怕，遇到雨天，尤其胆战心惊。

不仅如此，校门口东侧的高陡边坡，存在重大崩滑隐患，时刻威胁着进出校门的师生员工；东南面坡上的滚石及土体滑坡，悬如垒卵，严重威胁坡脚附近居民，以及赣储公路密集的过往车辆和行人。

廖德文又把分管安全工作的副校长谢斯亮叫来介绍情况。

谢斯亮说，每到雨季，他天天要到山上去巡查，并做巡查好录。即使双休日在家，一有下雨，都要冒雨赶到学校看看。

对于这处隐患，中国地质调查局南京地质调查中心水文地质环境地质室副主任张泰丽博士表示，学校为人口密集区，应广泛宣传地质灾害知识及避让方法，并制定有效的防灾避险措施，做好日好监测工作。

为保障全校师生、赣储公路过往车辆和行人的生命财产安全，储潭镇党委、政府决心彻底解决这个心头之患，委托江西省地质环境监测总站勘察与设计立项，工程资金200万元。

工程共分三大块。一是学校操场东侧的边坡及滚石，采用“爆破滚石+挡墙+排水沟”的方法；二是校门口东侧约15米的高陡人工边坡，采用“降坡+锚喷+排水沟+绿化”的方法；三是学校东南方约50米处滑坡地段，采用“挡墙+排水沟”的方法。

现在，站在学校操场上，看那厚实的石砌挡墙，可谓固若金汤。脑海中不禁浮现：晴日里，操场上，该有多少学生可以在这里尽情欢闹……

三

今年45岁的钟全红还清楚地记得，2011年以前，每年汛期一到，在食堂吃饭都提心吊胆。因为紧靠镇政府食堂后面的大岭山坡上，不断有哗啦哗啦的石子往下滚。而住在镇政府宿舍的职工家属，常常会在石子的滚落声中，吓得不敢入眠。

钟全红是赣县区储潭镇政府的工作人员，他所幸没有住在镇政府的院子里，也就没有深夜惊魂的经历，但他知道大岭滑坡隐患的危害。由于建房切坡，在20世纪90年代，这里曾发生过两处小滑坡，滑塌体积约500立方米，滑坡后缘有一条呈东西走向的裂缝。大岭山体脚下50米之外，就是热闹拥挤的储潭圩镇。

今日江南的雨巷，虽然不一定还有油纸伞，不一定能逢着一个丁香一样的姑娘，但雨巷中那份与生俱来的诗意，总是挥之不去。可在这雨巷之上，如果悬着一把地灾之剑，那又是怎样地令人生畏!

大岭山体一旦滑移，将直接危及圩镇居民及乡政府工作人员约300人、4栋约4500平方米房屋的安全，潜在经济价值约800万元。

大岭滑坡规模大，影响范围广，危害严重，若遇十年或二十年一遇的降雨，将可能触发斜坡滑动。

治理大岭滑坡隐患，箭在弦上，刻不容缓。

赣县区矿管局环境股长何云介绍，这个项目由赣县区矿管局委托江西省地矿局地质环境总站设计、江西省地矿局水文队进行锚杆施工治理。于2010年进行申报，翌年立项，2013年完工，总共费用100万元。

此刻，我们坐在这栋依山而建的四层半高的镇政府办公楼的一楼会议室里，听着钟全红感叹：如今再也听不见后山之上石子的滚落声了。

那一根根深入山体的锚杆，如同一根根定海神针。保护的不仅是镇政府的大楼，更有山体之下那片错落有致的民居，更有那人群聚集的圩镇。

四

或许是那件红色夹克的映衬，让43岁的兰师金，看上去比实际年龄小了许多。他是一位畲族的饭店老板。

说是饭店，其实就是在自己家的房子里开了个小餐馆。兰师金的房子占地面积120平方米，坐落在赣州市信丰县正平镇仙济岩村320国道边，两层半，建筑面积280平方米，花了30多万元建成。小餐馆6个包厢，能同时接待25桌人吃饭。每月营业额约15万元。

这样的小日子，一家人过得倒也十分惬意。

可有一段时间，兰师金的烦恼，恰似一江春水向东流。

他这房子和并排的七八家邻居，都是切坡建房，房子离后山仅一米距离，山体高约30多米，比他的房子还高。坡度近70度。来吃饭的顾客往窗外一看，觉得可怕，胆战心惊，生怕那山体会随时塌下来。因为紧贴山体，光线不好，杂草丛生，蚊子众多，老鼠成群。

尤其是到了雨季，每当晚上下雨，一家人在床上都睡不踏实。跟着睡不踏实的，还有信丰县矿管局和镇村干部，干部们要盯住他们这危害最大的一排七八家，及时撤离，住到安全的亲戚家去。

肖飞在一旁介绍了这处滑坡隐患点的情况。他是正平镇地质灾害防治办公室主任，对这个灾害点了如指掌。这个灾害点叫“马路边小组后山”，包括最紧贴山体的七八家，一共威胁着15户81人。自2006年以来，因连续降雨，造成马路边小组后山山腰出现断裂，裂纹分布较广，长约110米，高约20米。到2007年，裂纹继续扩大，裂缝中出现渗水，并有轻微滑坡迹象。

至2008年4月中旬，由于连续降雨，裂纹突然增大，并出现整个山体坍塌移位，山体下滑形成1.5～2米的落差，严重威胁上下居民的安全。2008年冬，在县矿管局的指导下，镇上组织人员在山腰山体位移上方，修了简易排水沟。多年来，一直是修修补补，小打小闹，治标不治本。近几年每逢雨季，镇里都要组织村民及时撤离，耗费大量人力物力。

肖飞说：“经过多次监测，发现山体在进一步变形，随时可能引起坍塌。县矿管局多次组织市县专家来现场勘察，并把此灾害点列为治理工程。”

信丰县矿管局局长刘永成介绍，这个滑坡治理项目，是“三部委”批复同意的《赣州市稀土开发利用综合试点方案》中2014年度特大型地质灾害防治工程项目，项目资金280万元。2016年4月28日开始施工，目前工程施工已完成。

看上去，这个已经完成坡面绿化的工程现场，非常壮观。高而陡的山体不见了，只见一个被分成两级台阶且十分平缓的土坡，安祥地静卧在仙济岩村边。挡土墙、排水沟、跌水沟、截水沟，一应俱全，精致美观。

在精致美观的挡土墙边，兰师金对肖飞说：“能不能在第一级台阶上种上些花草呢？”

他一心在想为他的餐馆营造美好的环境。

信丰县矿管局副局长黄成科说，这个滑坡点，直接威胁8栋砖混房屋及106人（含当时制衣厂工人）的生命财产安全，威胁信（丰）（南）雄公路（即320国道）的安全，潜在经济损失约1200万元。项目实施后，消除了安全隐患，减少了经济损失，保护了群众生命安全，并提高了该地总体环境质量。

曾有地灾防治专家说，切坡建房未必绝对造成滑坡，只要做足做好了边坡处理，则无地灾之虞。

南京地质调查中心水文地质环境地质室副主任张泰丽博士也说："农村山区土地资源紧张，切坡建房为普遍现象，成为地质灾害隐患的集中高发区，居民承灾风险大。因此，居民选址前，应开展地质灾害危险性评估，制定切坡开挖方案，并对开挖边坡进行有效治理。"

那么问题来了，要做足做好被切边坡的处理，其成本，很可能是建房本身的几倍，没有谁会去这么做。于是大家心存侥幸，铤而走险，人为制造出一处又一处地灾隐患。

我问兰师金，如果你在建房之前,把切坡做成现在这样,要多花多少钱？或者说，把这280万元治理资金，分摊到15家受益户，每家实际受益多少钱？

旁边的人立即用手机算出来了：每家受益18.6万元。

有人对兰师金说，你这栋房子，现在一下就增值了18万多啦！

兰师金马上说，感谢国家！感谢政府！感谢领导！

大家发出一片笑声。

五

嘉定镇上有一个南山公园，园内风景优美，游人如织。

南山古寺就坐落于此。

据《信丰县志》记载，南山寺原名金文寺，因在县城南山中，故俗称南山寺。始建于宋太平兴国七年（982年）。后来修葺多次。明万历十六年（1588年）谷山任僧智钧舍于此，坚心募化，历构三楹，光复旧观。清光绪二十四年（1898

年），湖南南岳恒念和尚在寺住持，再度修复，增建前后厅与左右殿堂。各殿堂雕梁画栋，蔚然壮观。

可是，一头地灾隐患的巨兽，却悄然蛰伏在寺庙背后。

寺庙背后，是高高耸立的南山，山顶古木参天，遮云蔽日。有一棵最大的古树，以压倒性态势倾向古寺，山体不堪重负，出现滑坡隐患。

我们到达古寺时，已近黄昏。见到古树之下，已经砌成一道坚实的挡土墙。古树面对寺庙一侧，已锯去三根大树枝，留下三个硕大的枝痕。

问古寺前一位纳鞋底的妇女，此前未作治理时，情形是不是很危险？

妇女答曰："是哦，很吓人，那大树，随时会倒下来。"

这个隐患点，是信丰县嘉定镇花园村岭脚下滑坡治理项目之中的一个。

信丰县嘉定镇花园村岭脚下滑坡治理项目，位于该县城区。嘉定镇，即信丰县城。该项目共有南山东侧花园路花园村、北侧南山中路二栋居民楼、原印刷厂住宅楼以及南山古寺附近居民房后山坡等6处发生滑坡的地质灾害。

在国土资源部的大力支持下，嘉定镇花园村滑坡治理项目于2015年列入2015年特大型地质灾害防治项目，预算资金600万元。

项目于2016年6月29日开工后，共完成修建浆砌块石挡土墙2座，总长度57米；铺设柔性面层锚杆，面积13412平方米；修建截排水沟818米；喷播草籽复绿面积15900平方米。目前项目已完成主体施工的80%。累计人工砍伐灌木林12212平方米；打入锚杆2487根，锚杆柔性面层12500平方米；搭设钢管脚手架12648平方米，脚手架钻机作业9360立方米；土方挖运244立方米，土方回填277立方米；浆砌块石407立方米，砌体砂浆抹面139.2平方米。

项目实施后，于经济效益而言，该滑坡隐患位于县城内，周边人口密集，威胁189户、1012人的生命财产安全，同时破坏了花园村岭脚下自然景观，影响了该地居民的正常生活环境。预测潜在经济损失达4000万元。治理后，能够避免经济损失与勘查治理投资之比，约为6.35：1，带来了良好的经济效益。

于环境效益而言，治理后，提高了区内自然坡体的稳定性和抗御自然灾害能力，消除了地质灾害隐患，保护了基本用地及基础环境设施，改善了滑坡区地质环境条件，增大了环境容量。

六

自古以来，信丰即以“饶谷多粟、人信物丰”著称，县名即取“人信物丰”之意。

信丰有全国重点文物保护单位“江南第一宋塔”——大圣寺塔。99%属客家民系，是客家人较早的聚居地，民风淳朴，崇文信礼，具有“五里一风、十里一俗”的客家民俗。信丰矿产资源丰富，已探明元素配分全、品位好的稀土储量近6万吨，石灰石储量7000万吨，堪称“江南一枝独秀”的麦饭石矿储量达251万吨。

然而，信丰也是地质灾害重点县之一。

受地质条件、自然因素和人为影响，信丰县地质灾害呈现多发、突发、面广、隐蔽性强等特点。截至目前，各类地质灾害点502处，其中滑坡119处，崩塌204处、地面塌陷158处，泥石流20处，威胁群众9874人，潜在经济损失5782.66万元。

国土资源部支持信丰县的地质灾害治理项目3个，资金1080万元；支持的矿山地质环境治理项目5个，资金8500万元。除了前文提及的正平镇仙济岩村马路边滑坡治理项目、嘉定镇花园村岭脚下滑坡隐患防治工程项目，还有如下项目：

西牛镇丫叉桥村船丘滑坡治理项目——系“三部委”批复同意《赣州市稀土开发利用综合试点方案》中2013年度地质灾害治理项目，补助资金200万元。保护了船丘组43户180人生命安全和财产安全。

龙舌稀土矿矿山地质环境治理项目——系国土资源部2007年度地质环境治理项目，补助资金400万元。治理工程消除了矿山的滑坡、泥石流地质灾害。

学堂嘴稀土矿山地质环境治理项目——系国土资源部2007年度地质环境治理项目，补助资金1200万元。治理后，使昔日的秃头山，变成目前的花果山。

桐木废弃稀土矿山地质环境恢复治理项目——系国土资源部2010年度地质环境治理项目，补助资金3200万元。

新田—虎山稀土矿山地质环境治理项目——系国土资源部2011年度地质环境治理项目，补助资金1500万元。治理后消除了矿山的滑坡、泥石流等地质灾害，植被覆盖率明显提高。

虎山交头坑废弃稀土矿山治理项目——系国“三部委”批复同意《赣州市稀土开发利用综合试点方案》中2015年度地质环境治理项目，补助资金2200万元。

罗列这些项目与数字，读起来，或许有些枯燥，但它们又是温暖的，是可以载入史册，值得信丰人民永远铭记的。

七

龙南万山之中，居赣州之上游。山既峻拔，水亦湍急，石峡飞流，滩仄溪驶。或潴而为湫，汇而为潭。一随乎山势之起伏，盖地脉自然之流峙也。

这是《龙南县志》里对该县“山水”的描述。如果风调雨顺，这样的山水倒也是诗情画意。

然而，风调雨顺只是人们千百年来的美好愿望。现实生活中，总是有太多树欲静而风不止的无奈。在风不调、雨不顺的寻常日子里，在“山既峻拔，水亦湍急”的龙南大地上，地质灾害的易发与多发，就成为必然。

惹不起，躲得起！

地质灾害移民搬迁，成为龙南人的最佳选择。

龙南县的地质灾害移民搬迁，同样得到了国土资源部的鼎力支持。

去钟显茂家采访，并非当地领导的有意安排，而是正好他今天没有外出干活，在家闲着。

钟显茂所在的这个新村，叫临塘乡湖洋排社区，又称临塘乡湖洋排统筹城乡发展示范区，或者叫地质、洪涝灾害避让搬迁安置区。社区位于临塘乡水口村，毗邻105国道，规划占地面积33亩，规划建设住宅60套，每户占地面积80平方米，建筑面积210平方米。主要用于安置地质、洪涝灾害受灾农户，全社区农户共计41户，人口184人。

国土资源部投入60万元建基础设施。

钟显茂之所以住到这里，是因为原来在西坑村的房子紧靠山脚，切过坡，后山很高很陡，属于地质灾害威胁户。西坑村进村的道路，一到下雨天，满地泥泞，农用车根本进不去。因交通不便，西坑村20余户人家几乎悉数迁出。

在钟显茂家里，我们从一楼上到三楼，把他的两层半共8间房子、两个阳台、三个卫生间，逐一看了个遍。

陪同采访的李峰，作为龙南县矿管局地环股股长，对这个安置点的情况十分熟悉。他介绍说，这里的房子每栋售价16.2800万元，每家每人由政府补助3500元，由县财政直接打到户主卡上。

钟显茂说："我家五口人，政府一共补助17500元，实际买房支出14.5300万元。"

站在综合文化站大楼前，看着这整齐划一、统一户型、统一立面、统一庭院绿化的新村，俨然是一个城市小区的模样。

而细看之下，却又无处不弥漫着浓郁的乡村气息。门前或屋后那排整齐的柴垛，柴垛边那口烟熏火燎的大锅，旮旯里那个喷洒农药的喷雾器，楼梯间那个用于浇菜的塑料便桶，这些标志性的农家符号，把这个移民小区的全部含义诠释得如此深刻而又生动具体。

虽然，每家都有一个比城里人更宽敞的厨房，虽然也做的是整体灶台，用的是只见蓝色火苗、不见黑烟的煤气，但每逢年节，他们依旧喜欢那柴火的味道，依旧喜欢那纯粹的乡愁。

小区内还有太阳能路灯、分类垃圾箱、环保垃圾焚烧炉、社区污水处理设备。

而钟显茂感到最大的变化，却是上厕所。

他在西坑村老房子那儿的厕所，俗称"两板桥"，就是在粪坑之上，架着两根木板。不仅脏和臭，夏天上厕所还得带把扇子，不是为了扇凉，而是为驱赶蚊子。

"现在我家三个卫生间，一点也不臭，上厕所再也不怕蚊子咬了！"钟显茂满意地说。

新村还带来了新的气象。

村主任许月林说，原先在老村子里，村民们喜欢打麻将，现在不打了，改为健身了，或者在文化站看书。和城市的小区一样，这里也设了各式健身器材。

国土资源部同样也给了龙南的南亨乡三星村角车尾村小组60万元建基础设施。

三星村角车尾村小组，是一个地质灾害防范避让安置点。

村子原所在地经常发生地面塌陷，房屋裂缝的现象。经省、市地质专家现场勘查，发现该村小组处于岩溶发育地区，地层下存在大量溶洞及土洞，属于地面沉降重度隐患区，必须整体搬迁。

经矿产、国土、规划等有关职能部门与角车尾地质灾害防范避让建房理事会共同勘测、论证，将安置点选址在角车尾上排。安置点占地32亩，总规划建房55套，户型统一采用赣州新户型A—3，每套房屋二层半，占地面积83.6平方米，建筑面积214.3平方米，市政设施总投资约90万元。

在建设中，下拨资金完成了土方工程、挡土墙工程、防洪排水工程、路面硬化工程、供电工程、绿化工程、自来水安装工程等基础设施，全面完善了安置点的市政功能设施，让新村的品位得以提升。

2010年以来，龙南抓住赣南苏区振兴发展及国家新一轮扶贫开发机遇，得力于上级国土资源部门的扶持，积极推进着地灾移民搬迁工作。

据龙南县矿管局局长廖振楠介绍，7年来，龙南共投入上级财政扶持资金3197万元，对受到地质灾害威胁的1456户居民5998人实施了避灾移民搬迁，搬迁安置以集中安置为主，以分散安置为辅。

从2010年4月起，龙南即开展了地质灾害隐患大排查，并在全省率先进行了地质灾害避灾移民搬迁工作。启动了临塘乡水口村湖洋排、武当镇大坝村石浮塘、南亨乡圭湖村排上等地质灾害移民搬迁安置区建设。

2011年5月再次组成联合核查组，到各隐患点入户核查，摸清了全县地灾隐患情况。制定了《地质灾害避灾移民搬迁规划》，印发了《地质灾害避灾移民搬迁实施方案》，将4955人的地质灾害避灾移民搬迁任务，具体分解到15个乡（镇、场、管委会）实施；明确了避灾移民搬迁户的到户建房补助标准为人均3500元，其余统筹资金用于集中安置点的基础设施建设。

龙南的做法，得到了江西省国土资源厅的充分肯定，该厅发了《关于推广龙南县推进地质灾害防治工作做法的通知》，还在全国地质灾害群测群防体系建设交流会上做了交流发言。作为全省移民搬迁先进县，还在全省地质灾害避灾移民搬迁工作电视电话会议上做了典型发言。

八

胡智文怎么也没想到，自己堂堂一个地质工程师，会被村民当作盗墓贼。

那是2014年8月10日下午，江西省地矿局赣南地质调查大队地质环境院项目队长胡智文一行，刚刚跑完石城县木兰乡的地质灾害隐患点，正由木兰乡返回小松镇驻地。车子开至小松镇桐江村附近，胡智文发现路口有个高陡边坡，这本来是明天的任务，但正好走到跟前，为了节省时间，他想当天下午把这个点看完，就没有联系当地村干部。

胡智文几个拿着地质锤、罗盘从车上下来，向路边的一位村民询问那边坡的事儿。

不想这村民十分警觉，反问胡智文："你们是干什么的？"

胡智文说："我们是来搞地质灾害调查的。"

村民愈加狐疑："为什么没有村干部带你们来？你们不会是盗墓的吧？手上还拿着家伙。"

胡智文觉得好笑，便说："有这样大白天来盗墓的吗？还敢向你打听？"

胡智文有理说不清，便不再理会，一行人径直向边坡走去。

说起这个江西省石城县1：5万地质灾害调查项目，胡智文似乎有说不完的故事。

同年7月15日，胡智文一行在石城县高田镇大秀村上屋组搞地灾调查。因村子地处福建边界，方言难懂。而村里能讲普通话的青壮年都已外出打工。调查人员与村里老人无法交流。胡智文只好利用放学的机会，请个小学生来当翻译。老人说一句，小孩翻译一句；调查人员说一句，让小孩翻译一句。本来只要半天就能调查完的隐患点，因语言不通，交流困难，最后竟从上午一直弄到天黑，方才回到驻地。

符勋是江西省地矿局赣南地质调查大队地质环境院院长，江西省石城县1：5

万地质灾害调查项目，是由他的地质环境院承担的。他介绍，这个项目野外作业共派出调查人员12人；派出车辆 3辆；自2014年7月8日至2015年6月11日，连续调查和不连续调查，加上后期补充调查，历时152天。完成调查面积1582.86平方千米。共调查 10个乡镇149个村和街道办，1593个村民小组；县境内高速公路、国道、省道150千米，49个水库，2个矿山企业。调查梳理查清的主要一手资料有：滑坡地质灾害及隐患点277个，崩塌地质灾害及隐患点 124个，泥石流地质灾害及隐患点 3个，不稳定斜坡点1240个，地面塌陷地质灾害及隐患点1个，地质环境点153个，搬迁避让点10个，调查点总数为1808个。

据南京地质调查中心水文地质环境地质室副主任张泰丽博士介绍，1999年以来我国相继开展了约1400个县（市）1∶10万地质灾害调查与区划工作，初步摸清了我国地质灾害发育分布情况，划分了易发区和危险区，建立了群测群防体系，有效减轻了地质灾害损失。但随着我国社会经济迅速发展，滑坡、崩塌、泥石流等仍呈加剧趋势，严重危害人民群众生命财产安全。因此，“十一五”期间，国土资源部中国地质调查局在全国地质灾害高风险区部署开展了1∶5万地质灾害详细调查工作，采用多种高精技术方法对县内城镇、厂矿、村庄（包括灾害易发区内的分散居民点）、重要交通干线、重要工程设施潜在的地质灾害隐患点进行调查。

地质灾害调查是地灾防治工作的重要环节，是一项基础性工作。参加过此项目的赣南地质调查大队地质环境院主任工程师陈文华说，所谓1∶5万地质灾害调查，就是每一处有居民的地方，都要进入调查人员的眼睛，都要经过调查人员的甄别判断，是否为地灾隐患点，是否会给当地居民造成危害。

那么，石城县1∶5万地质灾害调查项目的1808个调查点，是怎么完成的呢？

陈文华说了一个词语：转点。

每天，调查人员先由野外越野车送到车子不能开的地方，然后换乘摩托车，到了摩托车也不能走的地方，再步行，爬山。通常到达一个隐患点，需要爬一到两个小时的山，每天要步行十几千米。回程亦然。

在爬山的过程中，会遇上蛇，遇上虫子，树木茂盛的地方没有路，衣服会被刮破。有路的地方遇到雨天会路滑。太阳大了会中暑。有时中午不能及时就餐，就只吃两餐。

资料显示，自国土资源部第三阶段扶贫工作以来，完成赣南苏区县市地质灾害调查3.94万平方千米，查明地质灾害隐患点11339处，筛选特大型险情地质灾害点2处，成功避让324起，避免人员伤亡2662人，避免直接经济损失864.3万元。查明崇义县关田镇下关村柯树岭矿细湾河泥石流，威胁人口1500人，威胁财产3000万元；查明会昌县周田镇新圩村塌陷，威胁人口6162人，威胁财产8344万元。

需要注意的是，这里的11339处，说的是查明的地质灾害隐患点，这只是分子。而调查人员所走过的调查点，这个分母，数据中没有统计。如果仅按每个已查明的隐患点来计算，一个点一趟的"转点"次数是三次，往返就是六次，再乘以11339，那就是68034次！

这个分母，就是赣南大地上所有疑似安全隐患居民点。

这还只是野外作业。离提交报告，万里长征只是走了三分之一。

从冯乃琦这儿，我们还知道另外两个专业术语：矿山地质环境调查和放射性地质环境调查。

冯乃琦是中国地质调查局郑州矿产综合利用研究所项目负责人，他介绍，矿山地质环境调查，是以县域为单位，通过开展1：5万比例尺矿山地质环境调查工作，查明矿产资源开发利用过程中引发的地质灾害、含水层破坏、地貌景观破坏、土地资源破坏、水土环境污染问题等矿山地质环境问题。在矿山地质环境调查的基础上，评定矿山地质环境问题的影响程度，分析矿山地质环境问题的成因及变化趋势，提出矿山地质环境问题防治对策。

放射性地质环境调查，也是以县域为单位，通过开展 1：5万放射性地质环境调查工作，查明区域地质环境中放射性物质的辐射强度分布现状及规律，进而对该区域地质环境放射性安全作出评价。

冯乃琦说："我们所受上级委托，承担了赣县、兴国县矿山地质环境调查和放射性调查工作，2017、2018年调查面积达6000平方千米，调查矿山300余个，要查清两县的矿山地质环境问题和放射性地质环境问题。赣州地区矿产资源开发利用对地质环境的影响日益严峻，开展该工作对当地国土资源主管部门做矿产资源规划决策时起先导作用，为两县矿业经济树立绿色发展理念，把生态文明建设融入经济建设，为当地百姓打造青山绿水，建设美丽赣州，助力国土资源部扶贫区脱贫攻坚战略。”

中国地质调查局郑州矿产综合利用研究所年青的工程师张永康补充说：“我们积极与赣县区矿产资源管理局和兴国县矿产资源管理局加强沟通联络，充分征求他们的意见和需求，攻坚克难，加快项目成果应用，尽快服务于赣县区和兴国县的扶贫工作。”

在2017年初《中国地质调查局支撑赣州六县精准脱贫攻坚地质调查总体工作部署》中提出，精准脱贫的重点，在点上示范八类工程，其中第四类是：深化地质灾害调查成果，示范地质灾害监测预警和治理示范工程，提出地质灾害防治规划建议，支撑地方地质灾害调查评价、监测预警、综合治理、应急防治四个体系建设。

要打造赣南的青山绿水，地质工作者的足迹与眼睛，必先踏遍与审视赣南的山山水水。

九

邓小平同志说，中东有石油，中国有稀土。语气里充满了自豪。

稀土有“工业维生素”的美称，是一种比石油还要珍贵的战略资源。目前中国稀土产量占全球的96%。

而赣南，是我国重要的稀土矿产地之一，素称“世界钨都、稀土王国”。

可是，人家靠石油发了大财，我们却被稀土伤得不轻。

20世纪七八十年代，由于落后的稀土“池浸”工艺和不合理开采，导致开采后的稀土矿山千沟万壑，满目疮痍。

此种开采方式，对于植被破坏极大，每开采1吨稀土，就要破坏200平方米的地表植被，剥离300平方米的地表土层，产生2000立方米尾矿，造成惊人的水土流失。

赣南废弃稀土矿山的治理，一度成为公众关注的焦点。

龙南县稀土矿自1971年建矿投产至今，已有44年的生产历史。

40多年来，龙南稀土矿业的开发，为地方及国家的经济发展做出巨大贡献，奠定了龙南以矿业为基础的工业体系。龙南县被誉为“重稀土之乡”。

稀土矿业的发展，为当地群众创造了就业机会,但“搬山运动”的池浸工艺，让开采长期处于一种小规模、低水平、高分散、高污染、高浪费的粗放状态。

采场裸露及相关设施侵占土地，破坏植被，水土流失，河道淤塞；大量尾砂不规范堆放，诱发崩塌、滑坡、泥石流等矿山次生地质灾害。

据不完全统计，“搬山运动”的露天剥离开采，让龙南县足洞、富坑等地3315亩山地，成了寸草不生的“光头山”“砂山”，矿业废渣总量，达2200万立方米之巨。

自1983年以来，龙南县从水土保持、环境保护方面着手，大力实施矿区生态环境恢复治理工作，创建了富有地方特色的“龙南模式”，局部地段成效显著。龙南县先后在矿区修建了各种类型、规模不等的拦砂坝160座，拦截尾砂约2200万立方米，形成了“逢坑必有坝、大坝套小坝”的工程治理格局，一定程度上缓解了水土流失问题。

但随着稀土产业的发展，大部分尾砂库丧失库容，尾砂从拦砂坝溢出，形成新的水土流失隐患。

2010年以来，龙南县加大了向上争取治理项目和资金的力度，共向上争取国家、省批准实施的稀土矿山环境治理项目6个，项目资金中央财政11370万元，地方配套3700万元，治理矿区面积达4.96平方千米。

这里，让我们不吝笔墨实录下这些造福于龙南人民的具体项目：

龙南县稀土废弃矿山地质环境治理一期工程，2007年中央财政项目，资金400万元，治理面积0.68平方千米。

龙南县稀土废弃矿山地质环境治理二期工程，2010年财政部、国土资源部下达了龙南县稀土废弃矿山地质环境治理工程（二期）专项资金1170万元，治理面积0.29平方千米。

龙南县稀土废弃矿山地质环境治理三期工程，2011年国土资源部、财政部下达的矿山地质环境治理工程项目，资金为1500万元，治理面积0.78平方千米。

龙南县黄花坳矿区地质环境治理项目，2009年江西省国土资源厅、省财政厅下达的地质灾害防治工程项目,下达资金为300万元，主要工程措施为建3座拦渣坝、封堵窿口、裂缝填埋等。

龙南县足洞河流域废弃稀土矿（一期）治理工程，属“三部委”批准实施的治理项目，也是龙南重点工程之一，项目专项资金5300万元，治理面积1.88平方千米。

龙南县足洞河流域废弃稀土矿（二期）治理工程，根据“三部委”有关文件精神，下达资金3000万元，治理面积1.33平方千米。

在国土资源部的支持下，赣南人对于废弃稀土矿的治理，更是费尽了移山心力。他们探索出了四种治理模式:

龙南模式:“一固沙二覆土三复绿四复耕”。对原采用“搬山运动”剥去土皮的矿区，先剥离残留沙粒层进行平整，再用黏性土压实底层，防止漏水漏肥；再利用周边工业园建设占用耕地表土剥离平填外运客土70厘米，确保有足够的耕作层供农作物生长；对边坡采用可降解编织袋装客土进行堆砌，防止水土流失，将适宜矿区生长的黑麦草、粽叶草、苏丹草、野豌豆等草籽，播撒客土中，使工程边施工边绿化；最后对整理好的耕地进行三年种草肥田，改良熟化土壤，流转给承包大户种植农作物。

寻乌模式:“工程与生物措施同步实施”。寻乌县结合当地地形地貌条件、群众意见，实现“工程实施一块、土地复绿一块、项目见效一块”。工程边坡的处理采取分段降坡、坡面草皮固土、坡底设置拦沙坝或堆砌土包袋拦土固土。开挖50厘米见方，栽种带营养土的一年生马尾松，固沙保土，改造成林地。

定南模式:“先工程措施保证，后生物措施巩固”。在尾砂地上种植美国竹柳、百喜草、狗尾草等草本植物，用以固砂、培育土壤和增加有机质，之后种植桑、松、杉等经济作物，水土流失得到有效治理。

信丰模式:“软硬”结合。针对稀土矿山土质“疏松”问题，对平缓地带采取现场浇筑水泥沟等硬质沟渠的方式，有效地“锁”住了废弃矿山的水土，对坡度较陡易产生滑坡的地方，采用沙袋等软质材料修建沟渠。对新增耕地、林地撒播生石灰、肥田萝卜、草籽等，逐步改善土壤pH和土壤养分，为作物生长提供良好的“软”环境。

废弃稀土矿山不仅造成土地压占、挖损、荒漠化，还使下游农田受损严重、河床上涨，水土流失严重，农民饱受污染之苦。早期开采的稀土矿山，被人们戏称“秃头山”。

项目完工后，通过完善客土、兴修水利、硬化道路，水土流失明显减轻，下游河床逐步恢复。同时，通过因地制宜选择作物，种植铁线草、马尾松等，促进了野生物繁殖，森林生态系统得到恢复，废弃矿山正在逐步恢复为“渠成网、林成行、地变绿”的“当年绿满山头”景象，昔日满目疮痍的“光头山”，披上了“绿衣裳”。

而且，治理之后，废弃的建设用地，最大限度地发挥了农用地的价值。工矿废弃地全部复垦完成后，预计可新增林地10030亩，草地820亩，园地1100亩，耕地1400亩。可以让复垦地块尽可能满足农民的耕种意愿，农民耕种后，复垦土地预计每年可产生直接经济效益750万元。

热爱土地的赣南农民，又可以在自己的热土之上，安居乐业，期待满怀！

十

落座之后，韩先林递给我一张名片。

名片上的头衔是：江西赣南赣县林海果业有机生态农庄总经理。

看着名片上的名字，想起近日微信上那个刷屏的“邻居暴揍老韩”的段子，我说，好在你这儿没有邻居啊！

韩先林的儿子哈哈大笑：没事，我爸不叫韩国胜。

尽管只有孤零零的一栋简易房子坐落在这寥无人烟的果园，但这儿装有Wifi，外面的精彩世界，一样扑面而来。

今年54岁的韩先林，2003年开始搞果园，至今已承包三个果园，面积共670亩，承包年限30年。

韩先林带我们在赣县区阳埠乡乌石头——他于2013年承包的300亩果园里转了一圈，他告诉我哪儿种的是杨梅、脐橙，哪儿种的是桔柚、李树、红肉蜜柚。4年多来，他仅是对这300亩就投入300余万元，因为绝大部分果树尚在生长期，去年产值只有8万元。

“但是，6年后，每年保守收入将有60万元。”韩先林说。

我称赞他这是造福乡里的善举，没想到他却说，他曾是一个生态环境的破坏者。

原来，从2000年开始，他也是稀土开采大军之中的一员。

从2000年，一直开到2008年整个赣州市关停为止，产量每年8～10吨，年产值每年约30万元。

由于当年的开采方式为池浸工艺与堆浸工艺，这两种最初的落后工艺，一个最大的特点即是搬山运动。众多的韩先林们，用挖掘机，把整座整座山上的稀土原矿挖松，搬走，进行池浸或堆浸。如此一来，山上的植被、山体的形态，已是面目全非。

韩先林用了个成语总结他当年留下的景象：触目惊心。

关停之后，国土资源部支持了这个稀土废弃矿山地质环境综合治理工程。该工程建设地点位于赣县区韩坊乡、阳埠乡、大田乡、大埠乡，从地图上看，几乎占了赣县区的整个南部地区。5100万元资金来源于财政部，治理面积9640亩，采取工程治理、生物治理以及综合治理相结合。

赣县区矿管局环境股长何云说，区内所有治理项目，他都亲临现场多次。说起这个项目，他更是如数家珍。

据何云介绍，工程治理主要包括地形整理，修筑截排水沟18条、挡土墙5条和建造拦砂坝45座，其中阳埠乡修筑13座，韩坊乡修筑30座，大田乡修筑1座，大埠乡修筑1座。

生物治理采用土壤改良与林草覆盖的方式，其中林草类选种桉树、果树（脐橙、枇杷等），旱地作物（番薯类），草木类（芭茅草、铁芒箕等）。生物治理总面积9640亩，在简单修整地形的基础上，理顺和修建截排水沟系统，然后种植桉树。

综合治理总面积900亩，采用“工程治理”和“生物治理”并重的治理措施，“示范区”设计将阳埠矿区的A—2采矿点作为综合治理的重点，“综合治理”在首先实施“工程治理”的基础上，按照林草类的不同划分为以下四个示范区：精品果园示范区，种植果树300亩；生态恢复示范区，种植草本类100亩；桉树经济林示范区，种植桉树300亩；农业复垦示范区，种植番薯类200亩。

韩先林自2015年后，把南康家具城的生意也停了，一心一意搞他的三个果园。现在一家三口，吃住都在乌石头果园。

韩先林说："当年挖稀土，破坏生态环境，心里总觉得不安。现在种果园赚钱，就心安理得了。是国土资源部安排的治理项目，让我有了回报家乡的机会。"

十一

套用一下托尔斯泰那句家庭幸福与不幸的著名句式，来描述赣南的稀土开采：开采稀土的所得也许各不相同，而对生态环境的破坏，却总是相似的。

信丰县学堂嘴的情况，也和赣县区韩先林所说的情形一样：触目惊心。

许多年前，我从信丰带回一本信丰县委、县政府编印《百里好画廊》的宣传册，上面有一组数据：全县因稀土开采新增水土流失面积3.7万亩，排放尾砂5438万吨，淹没农田4000余亩，淤积矿山60多座，淤塞渠道3.4万米，数条河流的河床被抬高，严重影响7个乡（镇）30多个行政村5万多村民的正常生产生活。

学堂嘴稀土矿山，位于赣江主要支流桃江河畔，信丰县城东部的嘉定镇桐木村，距离县城约12千米。

此时，我们站在经过治理且已验收的学堂嘴山地里，只见被整理过的齐整的土地上，已经长成的脐橙树，横竖成排。远处卧了一座拦沙坝，坝内一泓幽幽浅水，倒映着淡蓝的云天。

信丰县矿管局局长刘永成介绍，20世纪80年代，落后的露采池浸工艺，使开采后的地貌以裸露地为主，包括稀土采矿裸露区、淤砂沟谷、尾砂堆积污染区和浸矿池遗留区，总面积560亩。植被覆盖率由原来的90%降至4%，水土流失、水源及环境污染严重，滑坡、崩塌、泥石流隐患，随处可见。

2008年5月，赣州市矿产资源管理局、财政局联合向上申报了信丰县学堂嘴稀土矿山地质环境恢复治理项目。同年11月，获得国土资源部、财政部批准，下达项目资金1200万元。《国务院关于支持赣南等原中央苏区振兴发展的若干意见》

出台后，赣州市委市政府把该项目列入全市废弃稀土矿山地质环境恢复治理的试点、示范项目，安排配套资金300多万元。

从2011年3月2日开工，到2014年1月10日完工，历经两年多时光，完成工程量有：道路工程、地形整治工程、原有拦砂坝加固及路边挡墙、截排水工程、山塘工程、蓄水工程、土壤改良工程、土地复垦与绿化工程。

其中：加固拦砂坝1座，长97米，高6米。修建挡土墙400多平方米；修筑截排水沟3309米，铺埋砼涵管51.6米，新建蓄水池5个；修建山塘2口，面积15亩，总蓄水量约20400立方米；治理总面积560多亩，土地整治种植果树面积426亩，已种植脐橙、杨梅、柚子等果树9196株。平台边坡植草80亩。回收稀土残留资源氧化物90多吨，初步结算利润（收益）330万元，并入财政专户。修建乡村水泥道路1.6千米。

项目实施后，产生了广泛的生态效益、社会效益和经济效益。

植被覆盖率由治理前4%提高到治理后的80%以上，矿区周边村民的生产生活环境得到了有效改善。

矿区恢复了植被，河水、溪流变清了，村民的生产生活饮水安全得到了保障；滑坡、崩塌、泥石流等地灾隐患消除了，村民的生命财产安全了；通组公路，极大地方便了矿区村民的出行。

矿区内近560亩土地恢复了种植功能，种果树400多亩，土地得到了充分利用。种植了脐橙等3个品种果树，初步建成连片400多亩的果业开发示范基地，5年后开始收益，丰产期后，收益颇丰，实行滚动发展，以此收益来推进其他矿山地质环境的治理。回收稀土残留资源氧化物约100吨，初步结算利润（收益）320万元，还为当地政府上缴了近800万元税费。

郭迪林是信丰县嘉定镇桐木村的计生干部，他自我介绍：说难听一点就是妇女主任。作为村干部，他对学堂嘴废弃稀土矿山地质环境治理前后的感受更为直接。

他回忆说，采矿主把稀土矿采完后，留下一片片烂山，道路不通，连摩托车都过不了。田里尽是黄泥巴水，庄稼只长苗，不结果。池塘里的鱼，一出太阳，都纷纷在水面上乱跳，酸性太重，鱼不聊生。生产生活用水也被污染，很多村民就到外地租房，挥一挥衣袖，暂别家乡的云彩。

现在，村民已经搬回来住了，回家种上地了。尤其是水泥路一修，极大地方便了村民的土坯房改造、农资、化肥的运输。开通了校车，小孩上学也方便了。

赣州市地质灾害应急中心主任廖群说，这个项目，是矿山地质环境治理项目滚动发展治理的一个新型模式，是赣州矿山环境治理项目的示范工程，具有推广价值。

赣南的美丽山川，给赣南人民提供了丰富的矿产资源，人们在获取大自然丰厚的馈赠之后，没有理由，不给她一个华丽转身；没有理由，不使她重新焕发光彩。

赣南人民可以期待，在每一个春暖花开的日子，将不再担心地质灾害，不再担心水土污染，可以轻松地关心粮食，关心蔬菜。

科技唱响新长征路

——中国地质科学院矿产资源研究所精准扶贫纪实

刘艾瑛　赵　正

“问一声亲人，红军啊……紧紧拉住红军手，红军啊……朝也盼来晚也想，红军啊……”忆往昔峥嵘岁月，在江西赣南这片红色热土上演了一幕幕可歌可泣的革命人生。

赣南，是原中央苏区的重要组成部分和核心区域，83年前中央主力红军从这里拉开了二万五千里长征的序幕，为中国革命的胜利做出了重要贡献。但囿于自然环境、区位限制，至今赣南革命老区还是国家特级贫困地区。

同时，赣南享有“世界钨都”的美誉，人们常说“世界钨矿在中国，中国钨矿在南岭，南岭黑钨矿在赣南”。早在1907年赣南就发现了中国第一个钨矿——西华山钨矿床，1914年翻开了中国钨矿开采历史的扉页，新中国成立后赣南钨矿曾为国家换回价值75亿元的粮食和物资。

赣南有着得天独厚的资源优势，那么能否将资源优势转化为产业优势、经济优势，从而实现脱贫？

新时期，中国地质调查局直属单位——中国地质科学院矿产资源研究所科研团队结合赣南革命老区矿产资源丰富的实际，为赣南钨资源基地建设提供科技支撑，为革命老区扶贫提供技术保障。

发现并探明一个矿床往往需要5至20年，甚至更长时间，深部找矿由于不确定因素多、难度更大、需要时间更长，特别是赣南及其所在的南岭地区由于存在的科学疑难问题多，矿床具有规模大、分布广、共伴生组分多、矿床类型复杂多样等特点，隐伏矿为主、物化遥异常干扰显著，找矿历程更是艰辛曲折。

中国地质科学院矿产资源研究所克服重要困难，通过矿田尺度成矿系列和成矿规律研究，将“五层楼+地下室”勘查模型成功推广至矿田—矿集区尺度，提出“九龙脑成矿模式”，并建立了不同类型矿体的找矿标志和勘查技术方法组合，在赣南钨多金属矿集区开展找矿预测示范，圈定了一批新的找矿靶区，崇义章源钨业通过在靶区内开展工程验证，取得了一系列找矿突破，为赣南革命老区资源基地建设提供了坚实的资源支撑。

肩负脱贫攻坚的历史责任

20世纪五六十年代，南岭地区勘探和开发了一大批矿床，伴随而来的是众多钨矿山企业及其上下游相关企业应运而生，赣南成为全国乃至世界最主要的钨原料生产基地。虽然开采和加工热火朝天，但由于各种原因勘查工作却停顿了较长时间，几乎处于“只采不探”的状态，经过多年开采，勘查成果“老本”逐渐消耗殆尽，后备资源严重不足，包括西华山在内的一些知名的钨锡矿山已面临资源危机，迫切需要开展深部探测工作，开拓第二找矿空间。有统计资料显示，发现并探明一个矿床需要5至20年，甚至更长的时间，由于深部不可预测性，深部找矿不确定因素多，难度明显高于地表露头矿，因此，往往需要更长的时间，更大的投入，以及反复的探索，才能取得找矿效果。

南岭地区由于存在的科学疑难问题多，矿床具有规模大、分布广、共伴生组分多、矿床类型复杂多样等特点，以隐伏矿为主、物化遥异常干扰显著，找矿难度更大。

但如果不能实现勘查找矿的重大突破，如果不能解决矿产资源接续问题，众多钨的矿山企业及其上下游相关企业都将面临无“米”下锅的困局，长久下去已经建立起来的钨原料生产基地也将随之荒废，这对于亟待脱贫的革命老区将是致命打击。

国土资源部党组一直高度重视赣南扶贫开发工作，将于都县、兴国县和赣县列为国土资源部重点扶贫县。在矿产政策方面，加大钨矿等矿种的调查评价投入，倾斜安排调查评价项目，加快优势矿种综合利用示范基地建设，加大专项资金支持力度等。

中国地质调查局充分发挥地质科技优势，加大力度推进定点扶贫地区精准扶贫、精准脱贫，所属的中国地质科学院矿产资源研究所毅然承担起赣南地质调查的历史重任，为赣南革命老区的精准扶贫提供科技支撑。以中国地质科学院矿产资源研究所陈毓川院士为主导的科研团队瞄准赣南革命老区矿产资源丰富的实际，以博士（后）工作站、院士工作站为平台，以科学研究为切入点、以科企合作为结合点，充分发挥自身在成矿理论研究方面的优势。在实践中，该团队不仅起到科研示范作用，而且也促进了科研成果快速转化，实现了找矿新突破，科研扶贫取得了显著成效，被中国工程院能源矿业工程学部认为是科研与企业紧密结合的样板，被中国地质调查局评定为科技指导找矿的典型，为赣南革命老区的精准扶贫提供了科技支撑。

南岭创新成矿理论指导找矿突破

大陆科学钻探被称为伸入地球内部的“潜望镜”，是解决资源、灾害和环境等问题的重要途径。南岭科学钻探第一钻（SP-NLSD-1）选址在南岭成矿带东段与武夷山成矿带交汇部的于都县银坑，2011年6月25日开孔。这是国土资源部地质找矿工作在江西革命老区的重要部署，标志着为揭示于都—赣县多金属矿集区第二找矿空间的深部探测工作的正式启动，对赣南革命老区深部矿产资源的勘查、开发，具有重要的支撑、引领和推动作用，也被视为国土资源部“十三五”期间“三深一土”重大部署的先期试点示范。

2012年2月8日，南岭东段于都县盘古山钨矿危机矿山部署的南岭地区第二口科学钻（SP-NLSD-2）也顺利开钻，是国家入地探测项目“深部探测技术与实验研究”专项在赣南革命老区安排的第二个科学钻探孔，也是解决危机矿山资源接替问题、服务于找矿突破战略行动的具体行动，体现了“精准扶贫”的思想。

南岭科学钻探工程于2013年7月22日完成野外工作，SP-NLSD-1钻孔终孔深度2967.83米，是目前中国在华南金属矿集区内实施的最深钻探工程，共揭露到矿化体185层，其中在1000米处发现一条银、铅、锌多金属工业矿体，在1700米处左右揭露到细脉—浸染状钨钼铋铀矿化体；SP-NLSD-2钻孔终孔深度2012.12米，在钻孔的800～950米之间，揭露了8组矿脉，矿脉的累加视厚度约30米，新发现了破碎蚀变岩型钨钼铋矿体，在岩体内1290～1591米间发现三处细脉钼钨矿化体，为盘古山钨矿危机矿山找矿取得重要进展。

上述2个科研钻的实施表明，赣南地区钨矿在1000米以下存在“第二个富集空间”，验证了“五层楼+地下室”的正确性和实用性，不仅达到了预期的科研目标，而且具有重要的现实意义，为赣南及整个南岭成矿带开展深部地质找矿及矿业开发指明了方向。

勘查要有大的进步和突破，就需要有成矿理论、概念、模式的突破和创新，实践证明，一系列成矿理论和成矿模式能有效地指导深部找矿工作。

2014年至2016年期间，中国地质科学院矿产资源研究所所组织实施国土资源部公益性行业科研专项——“南岭东段九龙脑矿田成矿规律与深部找矿示范”项目，联合江西省地勘局赣南地质调查大队、山西省地球物理化学勘查院和长安大学等单位攻关。项目由陈毓川院士亲自指导，王登红研究员负责，赵正、刘善宝、梁婷、曾载淋、赵斌、郭娜欣、方贵聪等地科院赣南基地培养的博士已成为该项目的主力军，通过矿田尺度成矿系列和成矿规律研究，将“五层楼+地下室”勘查模型成功推广至矿田—矿集区尺度，提出“九龙脑成矿模式”，即花岗岩相关钨锡多金属矿的内带、外带、接触带、蚀变带（云英岩带）、破碎带不同空间配置分带成矿模式，并建立了不同类型矿体的找矿标志和勘查技术方法组合；在赣南钨多金属矿集区开展找矿预测示范，圈定了一批新的找矿靶区，包括天井窝矽卡岩+石英脉型钨矿、瓦窑坑矽卡岩型钨矿、梅树坪岩体型白钨矿和长流坑、碧坑石英脉型钨锡铜多金属矿等。

位于江西赣州的崇义章源钨业股份有限公司通过在靶区内开展工程验证，在淘锡坑矿区的深部发现“西华山式”钨矿体，控制其走向长度达到3000米，相当于增加了一座大型钨矿床；在碧坑的高庄子区段发现一条细脉型锡钨矿带，控制走向长度800米，倾向深度500米，锡单矿体最大厚度达9米；在长流坑矿区深部800米处发现多条富钨矿体，控制走向长度500米；在石咀脑矿区新发现一条3000

米长的细脉带型钨锡矿带；在天井窝矿区九龙脑岩体内新发现了伟晶岩型和蚀变花岗岩型钨矿体，其中蚀变花岗岩型钨矿体钻孔揭露厚度19米，WO_3平均品位在0.5%以上，新增WO_3资源量5万余吨。另外，按照“全位成矿，缺位找矿”的思路，在淘锡坑矿区外围发现一条近千米长的金矿化带，目前正在进行工程验证。

中国地质科学院矿产资源研究所不仅取得了成矿理论和找矿技术方法的重要进展，而且还取得了钨锡找矿的重要突破，为赣南革命老区资源基地建设提供了坚实的科技支撑。

科企合作加速科研成果转化

2005年，中国地质科学院博士（后）工作站暨中国地质科学院矿产资源研究所淘锡坑研究基地在崇义章源钨业股份有限公司淘锡坑挂牌成立，这是国内首家在民营矿山企业设立的博士（后）工作站，针对赣南地区地质找矿存在的问题，并结合矿山企业的实际，每年召开1至3次专业研讨会，把科研与矿山企业实际需求有机结合起来，促进了科研成果的快速转化。

章源钨业投资通过与中国地质科学院矿产资源研究所、赣南地质大队合作，历时三年，完成了淘锡坑钨矿研究项目，在该矿区的深部及外围取得了重要找矿进展。2009年，该公司再次在淘锡坑矿区内发现了数条隐伏的工业矿脉，在公司所属的其他探矿权内也揭露到了工业矿脉。科技找矿，为贫困县区企业的后续发展提供了强有力的资源保障。

在中国地质科学院矿产资源研究所的科技支持下，章源钨业不仅得到了矿产资源保障程度的提高，亦为国家培养了一批高层次的科技人才（7位博士生），从传统的矿山企业，发展为具有生产钨精矿到碳化钨粉、钨材、硬质合金及其工具等全系列、高质量钨产品的能力。在赣南贫困山区建立起了钨制品新工艺、新技术、新产品的研发模式，而且成为在中小板上市的第一家民营钨企，其钨制品在纳米合金等领域已位居前列。

章源钨业每年定向资助10名贫困大学生入学，为数千人提供了就业岗位，为抗洪抗震救灾、资助贫困学生等社会公益事业先后捐资1700多万元。2013年，章源钨业全资捐建了崇义县关田镇田心小学，田心小学占地16.5亩，总投资900余万元。按照省政府制定的农村小学配备标准进行设计建造，配备了多媒体等现代化的教学、生活设施，是全省一流的村级小学，解决了田心村适龄儿童上学难、上学贵的问题，推进了地区教育均衡发展，同时为革命老区脱贫发挥了积极作用。

因地制宜、创新突破。中国地质科学院矿产资源研究所为赣南钨资源基地建设提供了科技支撑，为革命老区扶贫提供了技术保障，将自然资源、人才资源、科技资源和产业资源汇聚起来，共同创造价值，以产业扶贫铲除穷根。

按照国务院和国土资源部支持赣南革命老区建设政策，以国土资源部公益性行业科研专项等项目为依托，发挥产、学、研相结合的作用，中国地质科学院矿产资源研究所与江西省企、事业单位联合建设有博士后工作站和院士工作站，完成了以陈毓川院士和王登红研究员为首的专家队伍建设，培养出数十名中青年专家及博士、博士后，以技术支撑革命老区打赢脱贫攻坚战。

弹指一挥间，这片红色热土正发生着深刻变化，中国地质科学院矿产资源研究所的工作者们正谱写着赣南脱贫攻坚的新篇章。